月にむら雲、花に風

―右手にメス、左手に花束8―

Michiru Fushino

椹野道流

CHARADE BUNKO

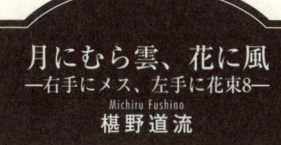

Illustration

鳴海ゆき

CONTENTS

一章　彼方へと向かう

「今、忙しいかね？」

Ｋ医科大学法医学教室に勤務する永福篤臣《えいふくあつおみ》は、上司である城北《じょうほく》教授の声に、読んでいた新しいＤＮＡ解析装置の取扱説明書から視線を上げた。見れば、教授室の扉を開けて、城北が顔を出している。

城北は普段教授室で執務していて、用事があるときしかセミナー室に出てこない。自分が呼ばれているのだとすぐに察して、篤臣は立ち上がった。

「いえ、大丈夫です」

「では、ちょっと」

言葉少なに言って、城北は教授室に引っ込んでしまう。篤臣は軽く緊張しつつ、彼に続いて教授室に入った。

几帳面《きちょうめん》な城北の性格を反映して、決して広くない教授室は、基本的に綺麗《きれい》に片づいている。基本的に……というのは、書棚の容量をはるかに超える書籍や資料があるため、収納しきれないそれらのアイテムが段ボール箱に収納して積み上げられており、そうした箱の山が見るたび高くなっていくという、いささか恐ろしい事実があるからだ。

「失礼します。ええと、なんのご用、ですか？」

篤臣が後ろ手にドアを閉め、入り口に立ったままそう訊《たず》ねると、城北教授は応接用のソファーに腰掛け、向かいのソファーを篤臣に勧めた。

「まあ、座んなさい」

「……はい」

素直に指定された場所に腰を下ろしつつ、篤臣は鼓動が速くなるのを感じていた。

ちょっとした用事なら、みずからセミナー室や実験室に出てきて、ざっくばらんに話してくれる城北教授である。こんなふうに教授室に呼ばれるのは、よほど大事な用事か、個人的な叱責《しっせき》に限られる。

（俺……何かしくじったかな。研究の進みが遅いとか、そういうことだろうか。それとも、学生実習で、学生たちの評判、悪かったのかな）

つい悪いほうへばかり考えてしまうのが、篤臣の困った性格である。気づいていない重大なミスがないかと必死で頭を働かせていることが、表情から窺《うかが》えたのだろう。城北は、苦笑いで片手を振った。

「ああ、いやいや。別に君を叱《しか》るために呼んだんじゃない。心配しなくていいよ。むしろ今日の用事は、その逆だ」

さっきまで書類でも読んでいたのか、城北はずっとかけっ放しだった老眼鏡を外して白衣の胸ポケットに入れた。そして、六十代にしては頑健な身体《からだ》をゆったりとソファーに預けて、柔和だがどこか鋭い目で篤臣を見た。

「逆……？　というと……褒められる、ですか？」

「褒めるというより、『評価する』だね」

「評価する……？」

余計にわからなくなった篤臣は、居心地《いごこち》の悪さと不安に、優しい眉《まゆ》を曇らせる。すると城北はこう言った。

「わたしも定年まで三年を切った。まあ、延長嘱託を申請する予定ではあるが、それでもあと五年足らずでここを去ることになる。中森《なかもり》君にあとを継いでもらう予定だし、もちろん、君にも彼女を大いに助けてやってほしい。そこは期待していいんだろうね？」

中森君というのは、講師の中森美卯《みう》のことである。篤臣の直属の上司であり、パートナーの江南耕介《えなみこうすけ》との仲を取り持ってくれた、篤臣にとっては姉のような存在だ。

それだけに、城北の問いかけに対して、篤臣はきっぱりと頷《うなず》いた。

「はい。俺、自分勝手な事情で一度ここを辞めたのに、城北先生も美卯さんも、また快く迎え入れてくださって。凄《すご》く感謝してるんです。俺じゃ、まだまだ恩返しになるほど戦力にならないですけど、末永く置いていただきたいと思ってますし、全力で頑張るつもりでもいます」

実は篤臣は一度、法医学教室を退職している。江南のアメリカ留学に同行するために、一度は自分のキャリアを捨てる覚悟をしたのだ。

しかし、二年後、帰国が決まったとき、城北は、篤臣が復職を打診する前に、自分から「うちは相変わらず人手不足だ。君さえよかったら帰ってきなさい」というメールをくれた。

篤臣は今でも、そのときの感動と深い感謝を忘れてはいないのだ。

部下であり、愛弟子《まなでし》でもある篤臣の気持ちを確かめた城北は満足げに頷き、片手で愛用の琥珀《こはく》のループタイを弄《いじ》りながら、おもむろにこう言った。

「そこでだ。そろそろ君にも、鑑定医をやってもらおうと思うんだ」

「！」

篤臣は息を呑《の》んだ。

篤臣たち法医学教室に所属する医師は、裁判所と警察から委嘱されて司法解剖を行う。

篤臣も、ここに就職した日からずっと解剖業務に従事してきたわけだが、解剖後、死体検案書や鑑定書を作成することができるのは、教授、あるいは嘱託書にその名を記載された鑑定医だけだ。

ここK医大法医学教室において、鑑定医は城北と美卯だけで、篤臣は二人の補佐役である。解剖自体はできるが、その結果を鑑定する資格は与えられておらず、篤臣一人で司法解剖を執行することはできないのだ。

鑑定医に任じられるということは、いわばこの道における独り立ちを意味していた。

「でも……俺には二年もブランクがありましたし、まだ解剖を任せてもらうのは早いんじゃないかと思うんですが」

城北や美卯が自分の仕事を認めてくれるのは嬉《うれ》しいが、自分はまだまだ半人前だと自覚している篤臣には、城北の言葉を大喜びで受け入れることなどできない。自分のことだというのに、つい否定的な言葉を返してしまう。

篤臣のそんな反応は予測済みだったのだろう。城北は苦笑いで、綺麗に剃《そ》り上げた顎《あご》を撫《な》でた。

「その謙虚さは永福先生の美点でもあるが、飛躍を妨げる枷《かせ》でもあるね」

「枷……ですか」

「そう。地に足が着いていると言えばいいように聞こえるが、その実は、地面に縛りつけられて、自由に飛ぶことができないということだ」

「それは……」

「確かに鑑定医というのは、重い役職だ。ここに運び込まれてきた人たち、一人一人の人生の結末に、責任を持つということなのだから」

「……はい」

「それを担うことに、君が不安を覚え、躊躇《ためら》うというのはいいことだ。二つ返事で引き受けるような人間が、鑑定医の仕事の重要さを理解しているとは思えないからね。ただこちらとしても、君を鑑定医にしたからといって、いきなり解剖一件を丸ごと君に任せきりにするような無謀な真似《まね》はできないよ」

「は……はい」

少しホッとして落ち着きを取り戻した篤臣は、いかにも老練な医師といった感じの城北の顔を見た。城北は、淡々と話を続けた。

「無論、解剖もこれまでどおりの体制で行う。わたしも中森君も、君が必要としている助言や助力を惜しむつもりはない。君の判断が誤っていれば即座に指摘するし、疑問は共に解決する。ただ、最終的な決定を下すのが君になる、ということだ」

「…………」

「急ぐ必要はない。君には、鑑定医として司法解剖を取り仕切り、一人の人間の死因を決定するという重責に、少しずつ慣れていってほしいんだ。鑑定書の作成や、証人として法廷に立つというような厄介な仕事にもね。それが、本当の意味でこの世界で生きていくという決意表明のようなものだ。……納得してくれたかね？」

それでもなお、篤臣は躊躇《ちゅうちょ》した。

「いくら先生と美卯さんが助けてくれるといっても、俺みたいな若造に務まるんでしょうか、鑑定医なんて」

その疑問に対する城北の答えは、実に明快だった。

「すべての法医学者に、初めて震えながら仕切る解剖があり、未熟さゆえに満足な結果が出せない悔しい時期がある。……わたしは、自分がここにいるうちに、君にそのピリオドを経験させたいんだよ。君を二度までも採用したのはわたしだから、すべてを中森君に託すのはやや無責任にすぎると思うのでね。つまりこの提案は、君のためというより、わたしの心の安寧のためだと思ってほしい」

「あ……」

「君を、中森君の立派な右腕に育ててから、後顧の憂いなくここを去りたい。……そう言えば、君のその泣きそうな顔は、元に戻るんだろうか」

「！」

からかいを含んだ城北の言葉に、篤臣は思わず片手を自分の頬《ほお》に当てた。まさか半泣きまではいっていないだろうが、おそらく不安げな顔つきをしているのだろうと自覚していたからだ。

「あの……それって、美卯さんも同意してるんですか？」

「無論だ。というよりむしろ、この件は、彼女の直訴によるところが大きいんだが」

「じ、直訴⁉」

物騒な言葉に、篤臣は思わず顔を引きつらせた。

「ちょ……ちょっと待ってください、直訴っていうのは、いったい……」

慌てる篤臣とは対照的に、城北は、いかにも可笑《おか》しそうに皺《しわ》深い頬をほころばせる。

「ずいぶんと不満げだったよ。最近、小姑《こじゅうと》のように私の見立てに文句をつけてくるんです。またそれが的確で言い返せないのが憎たらしいので、早くあの子も鑑定医にして、私が突っ込み返せるようにしてください……とね」

「美卯さんが……そんなことを」

篤臣は呆然《ぼうぜん》とした。他人が聞けばなんと殺伐とした人間関係だろうと思うかもしれないが、それが美卯流の褒め言葉であることが、篤臣にはよくわかっている。

ようやく篤臣の表情が緩むのを見てとり、城北は言った。

「まあ、気負いすぎずにやってみてはどうだい。手続きを進めて、構わないね？」

「……はい。期待を裏切らないように、頑張ります。よろしくお願いします」

城北と美卯の温かな思いやりにようやく腹を決めた篤臣は、背筋を伸ばし、承知の言葉を口にした。そして、城北に向かって、深々と頭を下げた……。

その夜。

午後七時過ぎに帰宅した篤臣の手には、エコバッグが提げられていた。中には、仕事帰りに立ち寄ったスーパーマーケットで買い込んだ食料品が、ぎっしりと詰まっている。

夕方、携帯電話に、江南から「今日は帰れそうや」というメールが入ったのだ。そこで篤臣は、江南に手料理を食べさせるべく、張りきって買い物をしてきた。

江南が帰ってくるのは、実に五日ぶりである。

篤臣と同じK医科大学の消化器外科に勤務している江南は、若手の外科医として、日々多忙を極めている。

仕事にのめり込みやすい性格も手伝い、少しでも患者の容態で気になることがあると病院に泊まり込んでしまうので、自然と帰宅がまちまちになってしまう。

いきおい、ゴミ出しや掃除、洗濯などは、よほどのことがない限り毎日家に帰れる篤臣の肩にのしかかるわけだが、江南の仕事に対する真摯《しんし》な姿勢を同業者として尊敬する篤臣は、不平の一つも言わず、ごく自然にそうした家事を引き受けていた。

「さーてと、そろそろ帰ってくる頃だな。ぼちぼち作り始めっか」

いったん寝室へ行き、スウェットの上下に着替えた篤臣は、ソファーに一度も腰を下ろすことなく、そのままキッチンに立った。

時折篤臣が弁当の差し入れをするものの、病院に泊まり込んでいる間、江南は基本的に外食続きだ。どうせ味の濃いものや揚げ物ばかり食べ、野菜不足もいいところに決まっているので、買ってきたのはほとんどが野菜だった。

スナックエンドウ、キャベツ、白菜、白ネギ、タマネギ、ニラ、タケノコ、レンコン、牛蒡《ごぼう》、ほうれん草、水菜、大根、プチトマト、エノキダケ、シメジ、椎茸《しいたけ》……。

実を言うと、江南は野菜があまり得意でない。香りや味に癖のある野菜は頑として口に入れようとしないので、調理台の上に並ぶのは、どちらかといえばマイルドな風味のものばかりだ。

まずは大根を千切りにして、生のやわらかい水菜と合わせ、冷蔵庫で冷たく冷やしておく。食べる直前に炒《いた》め揚げにしたちりめんじゃこをたっぷり載せ、さっぱりした和風ドレッシングをかけると、江南が珍しくお気に入りのサラダができあがる。

プチトマトは皮を湯むきにし、薄味の出汁《だし》につけておひたしにする。小さなガラスの容器に入れ、ピックを刺して出せば、可愛《かわい》い外見につられてつい手が伸びる一品だ。プチトマトは江南が唯一好きだと公言する、食卓に欠かせない野菜なのである。

スナックエンドウは食事の直前に軽く茹《ゆ》で、熱々のところにマヨネーズをつける。これは、たとえ江南が手を着けなくても、篤臣が食べたいらしい。

メインディッシュは、白菜、白ネギ、ニラ、タケノコ、レンコンを細かく刻み、豚ひき肉や胡麻油《ごまあぶら》と合わせて餃子《ギヨウザ》の皮に包んだ。これをカラリと揚げて千切りキャベツの上に並べ、茸《きのこ》たっぷりのあんをかけて出そうという趣向だ。

揚げ物にしたり、肉と合わせたり、江南の好きな中華風の味付けにしたりして、とにかく江南に抵抗なく野菜をたっぷり摂らせることを目的とした献立で着々と下ごしらえを進める篤臣の耳に、インターホンの音が聞こえた。

「……帰ってきたか」

篤臣はそう呟《つぶや》いたものの、キャベツを切る手を止めようとはしなかった。いそいそと玄関に出迎えるなど新妻のようで気恥ずかしいからだ。

玄関の扉が開く音に続いて聞こえたのは、耳慣れた声だった。

「帰ったで～」

「おう、おかえり」

篤臣がキッチンから声を張り上げると、すぐに江南が顔を出す。きちんとハンガーにかけていなかったせいでくたびれたスーツに、だらしなく緩めたネクタイ、そして無精髭《ぶしょうひげ》。いつもの帰宅スタイルだ。

外科医というよりは、張り込み明けの刑事のように見える……と思うたび、篤臣は可笑しくなってしまう。

「五日ぶりのご帰還や。元気にしとったか？」

そう言いながら近づいてきた江南は、背後から篤臣をギュッと抱きしめる。篤臣は慌てて手にしていた包丁をシンクに置いた。

「おい。いつも言うことだけどさ。せめて、俺が刃物持ってないとき限定で抱きつけ。危ないだろ」

「お前に斬《き》りつけられるんやったら本望や」

そんな物騒な殺し文句を口にしながら、江南は篤臣の首筋に顔を埋《うず》める。江南の髪や身体からは、病院の……消毒薬と、消せない血の臭《にお》いがした。

「ばーか。何が嬉しくて、久しぶりに帰ってきたお前と、いきなりそんな修羅場を演じなきゃならねえんだよ」

言葉は投げつけるような調子でも、江南の頭をぽんぽんと軽く叩《たた》く篤臣の手は優しい。篤臣を抱きしめることで、江南は帰宅したことを実感し、ずっと続いていた緊張状態からようやく解放されるのだと知っているからだ。

「……お疲れ」

「ん」

篤臣の労《ねぎら》いの言葉に、江南は実に短い相槌《あいづち》を打った。

外科医として、日々手術に明け暮れる江南にとっては、病院で過ごす時間は「生命を守るための闘い」の連続だ。術後の患者の容態に気を配りながら、また別の患者の手術を手がける……そんな外科医たちのストレスの大きさは、ただごとではない。

死者相手の仕事が多い法医学者の篤臣には、残念ながら、そうした外科医のハードな生活が本当の意味では理解しきれない。それでも、同業者だけに、それがどんなものであるかは想像がつく。

だからこそ江南が帰ってきたときには、うんと快適な環境で、栄養バランスのいい熱々の食事を出し、思いきりくつろがせ、甘やかしてやりたい。それが、篤臣の素直な気持ちなのだった。

「はー、やっぱし、お前のおる家はええなあ」

しみじみとそんなことを言う江南に、篤臣は駄々っ子をあやすような口調で言った。

「ほら、いつまでもくっついてないで、どうする？　すぐ飯食うか？　それとも先に風呂《ふろ》に入るか？」

「ん～。ここは一つ、俺的にはお前を……」

「飯か風呂！　現時点において、選択肢は二つきりだ！　勝手に増やすんじゃねえ」

「……いけずなやっちゃなー。ほな、まあ、風呂やな」

「そうしてくれると、俺も段取り的に助かる。……ああ、スーツとネクタイはランドリーバッグじゃなくて、ベッドの上に置いとけ。俺があとで手入れしとくから」

「わかった。ほな……ほんまはこのまま、お前を風呂に引きずり込みたいくらいやけど」

半分以上本気の口調でそう言うと、江南は篤臣の頬に音を立ててキスしてから、ようやく身体を離す。

「……ばーか」

呆《あき》れ半分、愛《いと》おしさ半分の一言を吐き出し、篤臣はのっそりとキッチンを出ていく江南の背中を見送った。

「あ。そういや、ビール冷えてたかな」

ふと晩酌のことをすっかり失念していたのを思い出し、篤臣は慌てて冷蔵庫を開けた。幸い、いちばん下の段に缶ビールが五つほど転がっている。篤臣はつきあい程度にしか飲まないので、おそらく十分だろう。

「さてと。あと一品くらい、酒のあてになって、身体によさそうなものを何か……。ああ、そうそう。これ買ってたんだった」

篤臣は開けついでとばかりに冷蔵庫を漁《あさ》り、細切りの牛蒡とニンジンを詰めたパックを取り出した。自分でささがきにしたほうが安上がりだし、栄養価も落ちないとわかっているが、篤臣も仕事を持つ身、手を抜けるところは迷わず抜くことにしている。

フライパンに香りづけ程度に胡麻油を引き、牛蒡とニンジンに軽く油を絡めたら、醬油《しょうゆ》とみりんとほんのちょっぴりの一味唐辛子で、汁気がなくなるまで強火で炒《い》りつける。

篤臣一人なら、このままきんぴらとして食べるところなのだが、ここは江南が喜んで食べるように、もう一工夫が必要だ。

照りよく仕上がったきんぴらをボウルに移すと、そこに擂《す》り胡麻とマヨネーズを控えめに加え、ざっくりと混ぜる。あっという間に、きんぴらが和風の牛蒡サラダに変身した。

基本的に子供味覚の江南なので、マヨネーズがあれば、苦手な根菜類も美味《おい》しく食べられるらしい。擂り胡麻を入れるのは、せめて身体にいいものも同時に足して……という、篤臣の涙ぐましい思いやりだった。

他《ほか》の料理も、冷たいものから順番に仕上げ、食卓に並べていると、ちょうどメインの揚げ餃子を皿に盛りつけたところで、江南が風呂から上がってきた。

「あー、ええ湯やった。お前、風呂を適温にする天才やな」

まだバスタオルで髪を拭《ふ》きながらやってきた江南は、そんなことを言いながら冷蔵庫を開け、ビールの缶を二つ取り出した。それをテーブルに置き、バスタオルを首にかけたままキッチンに戻ってくる。

「そりゃ俺が天才なんじゃなくて、給湯器が偉いんだろ」

「それもそうか。……これ、運んだらええんか？」

「あ、ちょい待ち。今、あんかけにするから」

皿に手をかけた江南を制止して、篤臣はフライパンの中身を煮立て、できあがったあんを揚げ餃子の上からかけた。

とろりとしたあんがかかった瞬間、揚げ餃子の皮がパチパチと食欲をそそる音を立てる。

「ほい、持ってってくれよ」

「よっしゃ。旨《うま》そうやな」

江南は嬉しそうに目を細め、篤臣もすぐにフライパンを洗いながら、機嫌よく答える。

「それ、最近じゃいちばんの自信作なんだ。これでも、お前が帰ってこない日に色々試作して、地道に腕を磨いてるんだぜ」

「そら楽しみや。……他には？」

「それで全部。冷めたり温《ぬる》くなったりしないうちに食おう」

篤臣はそう言ってエプロンを外した。二人はテーブルに向かい合って座り、まずはビールで乾杯した。

「あらためて、お疲れさん」

「おう、お前もお疲れ」

軽くグラスを合わせて一息にビールを飲み干し、江南はギュッと目をつぶって唸《うな》った。

「くーっ、やっぱし、家でこうして飲むビールが最高やな」

「はは、そう言ってくれるのは嬉しいけど、学生時代のお前が聞いたら愕然《がくぜん》としそうな台詞《せりふ》だな。お前、昔は家で手料理なんて所帯くさいもんは願い下げ、って感じだったのに」

こちらはほんの一口飲んでグラスを置いた篤臣は、面白そうに江南をからかう。江南は苦笑いで頭を掻《か》いた。

「まあな。実家はちゃんこ屋で、飯いうたらまかないでかっ込むもんやったし、大学入って実家出てからも、自分で料理なんかせえへんかったし、渚《なぎさ》もあんまし料理とかせん女やったしな。……とと、すまん。要《い》らんこと言うた」

うっかり医大時代の恋人、片瀬《かたせ》渚の名を口にしてしまった江南は、気まずげに詫《わ》びる。

「謝るなよ、馬鹿。大昔の話だし、今さらヤキモチ焼いたりしないよ。そもそもあいつは、俺にとっても大事な同級生だぞ」

篤臣は屈託なく笑って、江南のグラスを即座に満たしてやった。その表情には、無理をしている気配はない。篤臣にとって、当時のいざこざはもうすっかり過去のことなのだと再確認し、江南はホッとした顔つきになった。

「それもせやな。……せやけど、医者になってからは忙しゅうて、飯なんかとにかく食えたらええっちゅう感じやったし。ほんま、お前と一緒になってからや。食事て楽しいもんなんやって知ったんは。ほな、いただきます」

てらいのない口調でそう言い、江南はさっそく揚げ餃子に手を伸ばした。茸たっぷりのあんと千切りキャベツも一緒に口に放り込み、ぱりぱりといい音を立てて咀嚼《そしゃく》する。

「んー、旨い。何が入ってんねん、これ。カリカリしたもんが混じってて、食感がおもろいな。それに肉の味はするけど、ニンニクは……」

「入れてない。最近は気にしない奴も多いけど、やっぱ、翌日も仕事があるって日に、ニンニクを食うのは抵抗あるんだ、俺」

「けど、それっぽい味がすんで？」

「ニラと白ネギが入ってるからな。あと、レンコンとタケノコで、食感にメリハリをつけてみた。カリカリの正体は、それだ」

「はー、なるほどな。……なんや、俺、野菜なんか人間の食うもんやないて思てたけど、お前が色々工夫して料理してくれるようになってから、たまーにこうして、旨いて思うことがある」

「マジで？　食える、じゃなくて、旨いって？」

「おう。旨い」

その言葉が嘘《うそ》でない証拠に、江南の箸《はし》はもう二つ目の餃子を挟んでいる。篤臣は、心底嬉しそうに笑った。

「へえ。それはマジで、すげえ嬉しいな。努力してきた甲斐《かい》があったって感じ」

「何もかもお前のおかげや。お前、自分も仕事しとるのに、こうして俺が帰るときには家ん中を居心地ようしといてくれて、熱々の旨い飯を作ってくれて……ほんで、こうして差し向かいで喋《しゃべ》りながら、飲んだり食ったりできる」

「……うん」

「はよ食えて怒られることも、冷めた飯を一人でかっ込むことも、テレビ見ながらコンビニ弁当食うことも、もうなくなった。……俺な、ホンマに今、家で飯食うんが楽しみでしゃーないねん」

「……そっか。そりゃよかった。あ、でも、まずいな。ってことは、今度は食いすぎとメタボに気をつけなきゃいけねえのか」

「それもそやな。まあ、幸せ太りなんちゅー言葉もあるけど……」

「馬鹿言え。腹の出たお前なんて、卵の入ってないシシャモくらいつまんねえぞ。意地でも太らせたりしねえからな！」

あまりにもあまりな篤臣のたとえに、江南はあんぐりと口を開けた。

「た……卵の入ってへんシシャモて、お前……」

「だってそうだろ。格好よくなくなったお前なんて……そんなのさぁ」

江南はニヤリと笑って、鼻の下を擦《こす》る。

「ほっほー。お前今、俺のことをどんだけ格好ええと思ってくれてんねん。ちゅーか、格好ようなくなった俺は、愛されへんてか？」

「うっ」

自分の発言の迂闊《うかつ》さに気づき、篤臣は顔を赤くする。江南はやに下がった笑みを浮かべ、言葉を継いだ。

「俺やったら、お前がどんだけ肥えても老け込んでも、可愛がれる自信アリアリやのになあ。お前にとっての俺の魅力は、このセクシーに割れた腹だけか」

そう言いながら、江南はスウェットの上着をまくり上げ、自分の腹部を手のひらで叩いてみせる。これといって運動をしているわけではないが、ハードな外科医の生活そのものがトレーニングになっているのだろう。露出した江南の腹部には余分な肉など一欠片《かけら》もついておらず、滑らかな皮膚の下で、見事に割れた腹筋が思わせぶりに動く。

うっかりそれを凝視してしまった篤臣の顔は、ますます真っ赤になった。

「べ、べべべ、別に俺はお前の身体目当てとかそういうことじゃなくて……っ！　そ、そりゃ、俺だってどんなお前でも……そのっ、す、す、好き……だけどっ」

「やけど？」

「でもやっぱ、お前にはいつまでも格好よくいてほしいし、それって半分は、飯を作ってる俺の責任だと思うしっ。お、俺自身も、お前にいつまでも……その……」

「なんや？」

獲物を前にした虎《とら》のようなご機嫌顔の江南に対して、篤臣は頭頂部から湯気が立つほど恥じらいつつ、噛《か》みつくような口調で言い返した。

「こ、言葉自体は気に入らねえけど、でもこう、いつまでだって……いろんな意味で、『自慢の嫁』って言われるような俺でいたいと思うし！　それはお前のパートナーとしての俺の

義務だし、なんていうか……お前との真剣勝負みたいなもんでもある！」

「篤臣……」

声だけ聞いていれば喧嘩腰《けんかごし》としか思えない篤臣の発言だが、その内容は健気《けなげ》の極みである。

江南は慌ててスウェットの上着を引き下げ、両の手のひらを篤臣に向けた。

「ち、ちょー待て。篤臣、それ以上言うな。お前の気持ちは、十分すぎるほどもろた」

「な、なんだよ。さんざん追及しといて……」

「せやかて、そない嬉しいことやら可愛いことやら、盛大に言うてくれると思わへんかったんや。これ以上言われたら、俺、今すぐお前を寝室に引っ張り込んでまうからな」

「！」

「せやし、とりあえず今はここでストップして、せっかくの飯を堪能さしてくれや」

「そ……そういう、ことなら……黙る。一生懸命作ったのに、食ってもらえなかったらガッカリだ」

「そうやろ？　ほれ、お前も食え。冷めてまうで。うん、これも旨い」

江南は最高に嬉しそうなニヤニヤ顔で、あれこれと料理を皿に取り、大口に頬張る。

「……ったく。帰ってくるなり、いろんな意味でガツガツしやがって」

篤臣もまだ赤い顔のまま、箸を取った。

照れ屋の篤臣だが、江南との生活で、気持ちを過たず伝えることの難しさと大切さを知った。

昔の江南は極めて短気で、人の話などろくに聞こうとしなかった。おまけに、誰《だれ》に何を言われても、自分の節を頑として曲げようとはしなかった。

そんな頑固さは江南の長所でもあり短所でもあったわけで、立ち位置や主義主張がまったくぶれない一方で、当時の江南は対人関係のトラブルを抱えやすかった。相手の気持ちを慮《おもんぱか》るスキルと、相手を思いやるスキルが極めて低い、つまり協調性に欠けた男だったのだ。

篤臣は江南と何度もぶつかりながら、長い時間をかけて、ようやくなんでも話し合える今の関係に落ち着いた。篤臣自身、ずいぶん芯《しん》が強くなったし、江南も、人の言葉に素直に耳を傾け、冷静に話し合うことを覚えた。

ただ、自分の気持ちをストレートに示す江南と違い、篤臣はどうしても照れくさくて、小言はぽんぽん言えても睦言《むつごと》はなかなか言えない。

けれど、たまに篤臣が放った言葉から今のように愛情をざくざくと拾い上げ、江南が子供のように喜ぶのを見ると、もっと素直な気持ちを口に出さなければ……と痛感する篤臣なのである。

「ほら、プチトマト。お前のために二パックもおひたしにしたんだから、いっぱい食えよ」

いつまでもおさまらない頬の熱さに閉口しつつ、篤臣はプチトマトのおひたしが入ったガラス容器を江南のほうに押しやった。

「おう、プチトマトやったら、いっくらでも食うで」

江南は口笛でも吹きそうな上機嫌で、淡いブルーの器を自分の真ん前に据えた。強引に空気を切り替えるべく、篤臣は職場の話題を口にした。

「それで？　消外は変わりなしか？　小田《おだ》先生は？」

「元気やで。もう、俺らより全然タフや。ほっそい身体しとんのになあ」

次々と料理を口に放り込みながら、江南は簡潔に答えた。

「相変わらず、朝から晩までオペ三昧《ざんまい》や。よう勉強さしてもろてる」

「そっか。ってか、お前は？　助手になって、何か変わったか？」

「言うたかて、お前も法医の助手やないか」

「そりゃそうだけど、やっぱ基礎と臨床じゃ、同じ助手でも、意味合いも仕事の内容も違うだろ？」

篤臣もようやく少し気持ちを落ち着け、揚げ餃子の出来具合を確かめながら言い返す。江南は苦笑いで肩を竦《すく》めた。

「まあ、それもそうか。基礎は人が少ないから、上へ行くのにさほど苦労せんやろし。俺らは、昔よりは開業したり市中病院へ行ったりする奴が多なったとはいえ、やっぱし教授になるいうたら大変な努力と運が必要やからな。まあ、俺には関係ないこっちゃけど」

「うん。お前がそういう野望を持ってないことは知ってるよ。でも、小田先生はお前を跡継ぎにするつもりなんだろ。やっぱ、助手になってから、そういう……なんていうの？　帝王学みたいなことも教わったりすんのか？」

「まさか」

牛蒡サラダを旨そうに摘《つま》みながら、江南はからりと笑った。

「消外に、そないなことを言葉で教えとる暇なんぞあれへん。ただ小田先生を見とったら、自然とトップに立つっちゅうんはどういうことかわかる。教授になるんを嫌がってはった理由もな。そら、あんだけ雑務が増えたら、給料が多少上がっても嫌やろうな」

江南につられて牛蒡サラダに箸を伸ばしつつ、篤臣は少し申し訳なさそうな顔つきをした。

「ある意味、俺たちが無理矢理教授の椅子《いす》に座らせちまったようなところがあるからなあ。小田先生、大変そうか？　やっぱ予定どおり、市中病院に外科部長として行ってたほうが、幸せだったのかな」

「それはどやろ。市中病院に行ったら臨床だけに専念できる代わりに、十分な利益を出すっちゅうんが必須条件になる。それはそれで、大事なことやけどきっつい話やと思うで」

「あー……なるほど。大学病院は、今んとこまだまだそのへんについては甘いからな」

「おう。それに俺らのせいで大変や大変やて愚痴っとるけど、あれで小田先生、教授ライフを楽しんではるで。ちゅうか、能ある鷹《たか》は爪《つめ》を隠すって言うやろ」

「……うん?」

篤臣は、江南のグラスにビールを注《つ》いでやりながら相槌を打つ。

「あの人、ホンマはやれるのに、面倒くそうてやらんかったことがようけあんねんな、って最近思うねん」

「面倒くさくてやらなかったこと? たとえば?」

「医局員を束ねるとか、みんなの研究内容を把握するとか。そういう教授らしいこと、全然できはらへんの違《ちゃ》うかって、俺、最初は密《ひそ》かに心配しとってんけど……。自分では医局の仕事が忙しいて、あんまり論文書けへんけど……そのくせ、研究方面の知識はバッチリあるねん」

「ってことは、医局員の論文のチェックは、ちゃんとできるんだ?」

「できるどころか、データや考察が足らんとこをバリバリ突っ込まれるわ、英語の構文ミスは指摘されるわ……えらいことやで。俺も今書いとる論文、三べん突っ返された」

「へえ……。いかにも臨床馬鹿! って雰囲気を醸し出してたのは、ある意味カムフラージュだったんだな」

呆れ顔の篤臣に、江南は大きく頷いた。

「そうなんや。医局でも、前は気配をわざと消しとったんやな、あのオッサン。今、カンファレンスで黙って座っとるだけで、えらい存在感やで。たまに口開いたら、口調はやんわりやのに、突っ込み自体は滅茶苦茶《めちゃくちゃ》的確で厳しいからな。みんな、けっこうビビッとる。派閥も分け隔てもあれへんから、医局の雰囲気自体は前より和やかやねんけど、仕事に関しては厳しいで」

まるで自分の身内を自慢するように熱っぽく小田の話をしながら、江南は切れ長の瞳《ひとみ》を輝かせる。

「そっか……」

小柄で痩軀《そうく》、そしていつもニコニコと笑みを絶やさない小田教授の姿を思い出し、篤臣は少し疑わしげに、けれどどこか納得した様子で言った。

「そういや、そうだな。俺はポリクリで消外に回ったときに、小田先生のオペに入った記憶しかないけど……オペ室に入るなり、嘘みたいに動きが機敏だったものな、あの人。俺の虫垂炎のオペのときは妙に呑気《のんき》っぽかったけど、まあ、あれは俺をリラックスさせるために、気を遣ってくれてたんだろうし」

「あんときは、お前云々《うんぬん》以前に、俺がガチガチやったからな……。いつもはあんなん違うねんで。まるで鬼神や。そんでホンマは、オペ中の小田先生が、真の姿やねん。オペに全力投球するために、普段は省エネ運行してはったんやな。今はそれを渋々、他のことも七割くらいの運行モードにしてはるん違うかと思う」

「なるほどな。で、それを見ながら、お前も学んでるわけだ」

「まあ、ちょいちょいやけど。……これまでの俺は、患者相手の仕事がすべてやった。いうたら、オペと病棟業務やな」

モリモリと料理を平らげながら、器用に話も続ける江南に、篤臣はじっと耳を傾ける。

「うん。それが？」

「助手になる前は、別になんも変わらんと思ってたけど……やっぱり変わるな。ああ俺、消化器外科の指揮系統の一員になったんやなって自覚した」

「指揮……系統？」

「おう。まあ、お前んとこはトップダウンやから、そういうことを考える必要はないやろけど。やっぱ人数が多いとな。小田先生が全員に目を配るっちゅうんはなかなか難しい」

「ああ、なるほど。助手になったからには、お前が下の連中をまとめる役目を負うってことだな。……確かに、俺はずーっと末っ子だから、その苦労は知らないや」

「医局員だけやない。病棟にはナースがおるし、ポリクリの学生も来る。講義は講師以上が受け持つけど、やっぱし質問に来る学生の相手も、ある程度したらなアカン。なんちゅうか、俺は病院だけやのうて、医科大学っちゅう教育機関で働いとるねんなって、いろんなことで自覚させられた」

「なるほど。俺たち基礎だと、やっぱ基本的に研究職って自覚があるから、学生の世話も普通にルーティンワークだからな」

「遅まきながら、そのあたりのことに気がついたわけや。……まあ、微妙に仕事は増えたわけやけど、否応《いやおう》なく視野が広がってきた気がするねん」

「お前、昔から猪突猛進《ちょとつもうしん》タイプだから、視野が広がるのは凄くいいことだけどさ……」

篤臣は優しい眉をひそめ、江南の顔を気遣わしそうに見た。

「あ？」

「お前、やさぐれてた学生時代の反動だかなんだか知らないけど、今、何に対しても全力投球だろ。そういうの、凄く尊敬してるけど、でも、仕事が増えて、お前が無茶してるんじゃないかと思うと、俺は心配だよ」

心底心配そうに言われて、江南は相好を崩した。

「すまん。怒られるかもしれへんけど、お前がそうして心配してくれるんは、やっぱし嬉しいな」

「喜んでんじゃねえよ。俺はマジで心配……」

「わかっとる。ぶっ倒れるような無茶はせえへん。ただでさえお前に寂しい思いをさせとるんや。これ以上、お前を心配さしたり、驚かせたり、悲しませたりするような真似《まね》は絶対にせん」

「……約束だぞ」

「おう、約束する。……なんや、せっかくの旨い飯やのに、今日はやたらと嬉しゅうておちおち食うてられへんな」

真面目《まじめ》な顔で約束しておいて、江南はすぐにニヤッとした。その肉食獣を思わせる獰猛《どうもう》な笑顔を見れば、江南の言わんとすることは火を見るよりも明らかだ。せっかく落ち着いていた篤臣の心臓は、再びうるさいほどの勢いと速さで脈打ち始める。

「な……」

「俺にとっての『世界一のご馳走《ちそう》』が、目の前で嬉しいことばっかし言いよるんが悪い。家庭サービス過剰やぞ、篤臣。そういうやりすぎは、大歓迎やけどな」

「……ッ」

そう言いながら、揚げ餃子のあんがついた唇を思わせぶりに舐《な》める江南の仕草に、篤臣の極めて慎み深い官能がうっかり目を覚ます。身体の奥底に点《とも》った小さな火に気づかないふりで、篤臣はツケツケと言い放った。

「うるさい。物事には順番ってもんがあるんだ！　ちゃんと飯を食って、お前はテレビでも見ながらリラックスして、俺は洗い物をして風呂に入って……お前の言うようなことは、そのあとの話だっ」

「ほー。お前、いつの間に焦《じ》らしプレイまで身につけたんや」

「じ、じじじじ、焦らしプレイってお前……」

「はは、まあ俺は、焦らされるんも嫌いやないで。ほなまあ、お前をどないして可愛がるか考えながら、一つずつ片づけていこか」

「〜〜〜ッ」

もはやどう言葉を返せばいいかわからず、箸を折れそうな勢いで握りしめる篤臣をよそに、江南は最後の揚げ餃子をパクリと勢いよく頬張り、不敵に笑った……。

＊　＊

「ぎゃッ！　ちょ、え、江南ッ、待て！　待てってば……マジで」

篤臣の抗議の声と悲鳴が、短い廊下に響き、ほどなく寝室に吸い込まれる。

「わあッ！」

バフッと大きな音を立てて、ベッドの上に落とされた篤臣は、まだ頭からボトボトと水滴を落とし、腰にバスタオルを巻いただけのあられもない姿だった。

そう、猟犬に命令するが如く江南に「待て」を言い渡し、ゆっくりと風呂に入っていた篤臣だったのだが……。どうやら篤臣が思っていたよりずっと、「猟犬」は躾《しつ》けがなっていなかったらしい。

風呂から上がった篤臣が、脱衣所で濡《ぬ》れた身体をざっと拭き、タオルを腰に巻いたところで、待ちきれなくなった江南が突然乱入してきた。そして、驚く篤臣をずだ袋のように担ぎ上げると、有無を言わせず寝室へ連れ込んだというわけだった。

「馬鹿野郎！　俺はまだ、あちこち濡れたままなんだぞ！　あと三分待ってくれれば……うあっ」

起き上がってとにかくベッドから下り、せめてびしょ濡れの髪を拭こうとした篤臣だが、身を起こしたが早いか、江南に絶妙のタイミングで押さえ込まれ、再びやわらかな羽根布団に沈む。

「江南ッ」

「俺はもう十分すぎるほど待った。限界超えた」

簡潔に宣言して、江南は篤臣にのしかかる。

「布団が……布団が、濡れるから！　干すのがたいへ……んっ、ふ」

実にドメスティックな懸念を口にした篤臣の口を、江南は自分の唇で容赦なく塞《ふさ》いでしまう。荒々しくバスタオルを引き剝《は》がされ、濡れた髪を大きな手でかき回される。

「え、なみっ……ん、はっ、はあっ」

もっと言いたかった文句はたくさんあるはずなのに、口腔《こうこう》にねじ込まれた熱い舌が、篤臣の口から言葉を奪い去ってしまったらしい。唇が痺《しび》れるようなキスのあと、江南の唇が名残《なごり》惜しそうに離れても、篤臣は口をパクパクさせ、荒い息を吐くだけで、何も言えない。

そんな篤臣の半開きの唇をベロンと舐め、江南は端整な顔を歪《ゆが》めるようにして笑った。

「お前がアホみたいに長風呂なんが悪いんやで、篤臣」

「だ……だって、そ、それは……」

篤臣は羞恥《しゅうち》に顔を背けようとするが、真上からのしかかった男がそれを許さない。江南は篤臣の顎を片手で易々《やすやす》といましめ、とろけそうな笑顔で囁《ささや》いた。

「それは、俺に触られるからと思うて、念入りに洗っとったから……違うか？」

篤臣は、色素の薄い瞳で、至近距離にある江南の顔を睨《にら》みつけた。

「そりゃ……普通にそうだろっ！　医者どうしなんだし、清潔は当ぜ……」

「色気のないこと言うやっちゃなー。ほな、ちゃんと綺麗になっとるか、確かめたろか」

「なっ！　あッ」

子供扱いするなと怒りの声を上げようとした篤臣だが、その唇から代わりにこぼれたのは、上擦った嬌声《きょうせい》だった。

「耳の後ろ……忘れがちやで？　ちゃんと洗《あろ》たか？」

耳元でそう囁いたかと思うと、江南の熱い舌が、篤臣の耳たぶの後ろをねっとりと舐めたのだ。ついでのように耳に息を吹きかけられ、江南を突き飛ばそうとスウェットの胸元に当てた篤臣の両手から、くなくなと力が抜けてしまう。

「ん……な、とこ……っ」

「うん。石けんのええ匂《にお》いする。よっしゃ。ほな、次……」

まるで軟体動物のように、江南の舌は篤臣の真っ赤に染まった耳たぶを経て、首筋へと移動していく。

「ば……かっ、あ、ああっ」

細い首筋のやわらかい肌を、江南の唇がきつく吸い、歯を立てる。その軽い痛みが、なぜか背筋を電流のように駆け下り、今や隠しようもない剝《む》き出しの下腹部にドクドクと血が注ぎ込むのがわかった。

「くっ、びに、あ、あと……は、残すな……っ」

「大丈夫や。ちゃんとシャツの襟で隠れるとこしか、痕《あと》はつけとらん。首も石けんの匂いやな。合格や。……ほな……ここは?」

「や……ああっ」

必死で堪《こら》えていた篤臣の声が、急に高くなった。外科医の繊細な指が、すでに硬くなっていた篤臣の胸の尖《とが》りに触れたからだ。そんなところで感じるようになってしまったのは、江南に執拗《しつよう》に愛撫《あいぶ》されるようになってからだった。

「は、ぁ、あっ」

ざらついた指の腹で敏感な先端を擦られ、チリッとした痛みを感じたところで、甘やかすように慎ましい尖りを江南の口に含まれ、唇と歯と舌で弄られる。そのむず痒《がゆ》いような感覚と、江南が自分の胸に吸いついているという視覚的な衝撃で、篤臣はいつもなすすべもなく昂《たか》ぶってしまうのだ。

しかも江南のまだスウェットを着たままの太腿《ふともも》が、篤臣の剝き出しの股間《こかん》をやわらかく押し上げる。

「ああっ!」

まだどこか少年めいたしなやかさを残す篤臣の薄い胸が、若木のように反り返った。わずかに頭をもたげていたものが、洗いざらしたスウェット生地と、その下にある江南の腿の硬い筋肉で擦られ、あからさまにドクンと脈打った。下腹部に押しつけられた江南のそこも、ぶ厚い布越しでもわかるほどの硬さと熱さで、その存在を主張している。

互いの昂ぶりを感じながら、江南はスウェットの上着を脱ぎ捨てた。

「……っ」

さっき、食事中に見た見事な腹筋だけでなく、張りのある大胸筋までもが露《あら》わになる。着《き》痩《や》せして見える江南の、実はたくましい裸。今、それを見られるのは自分だけだと思うと、篤臣の胸は否応なく高鳴った。

「……ホント……いつ見ても、腹が立つほどいい身体してるよな、お前って」

「そらどうも」

何度抱き合っても、まるで初めてのようにおずおずと胸元に触れてくる篤臣が愛おしくて、江南は篤臣をギュッと抱きしめた。

「重い」

そんな文句を言いつつも、篤臣の両腕もしっかりと江南の広い背中を抱き返す。江南は、照れ隠しで文句ばかり言う篤臣の唇をキスでもう一度塞ぐと、猫が喉《のど》を鳴らすような声で囁いた。

「なあ。……もっと下まで……綺麗になっとるかどうか、確かめてもええか？」

普段はふてぶてしいくせに、こういう「おねだり」のときだけ妙に可愛くなる特技を江南は持っている。惚《ほ》れた弱みで、いつもその策略に流され放題の篤臣だが、それを聞いた途端、眉尻《まゆじり》を下げ、少し逡巡《しゅんじゅん》した。

そんな小さな表情の変化を見逃さず、江南は篤臣の欲望を煽《あお》るように、彼の肉づきの薄い脇腹《わきばら》を思わせぶりに撫で上げながら言った。

「なんや、久しぶりやのに、気ぃ進まんか？　ほしいんは、俺ばっかしか？」

「違……っ、ぁ」

くすぐったさに身を捩《よじ》ると、互いの昂ぶりが触れ合い、負けず劣らずの熱さに篤臣は羞恥で死にたくなる。だが彼は、江南と抱き合ったまま、哀願するような小さな声で答えた。

「俺だって、最後までしたいけど……」

「けど？」

「明日の朝イチ、解剖入ってんだよ。だからあんま無理したくないってか……。でも、お前が我慢できないんなら」

「アホ」

お前が我慢できないのなら、構わない……と言いかけた篤臣の口に指を当てて黙らせ、江南はニッと笑った。

「大事なお前に無茶さして嬉しいわけあれへんやろ。俺は、お前とこうして抱き合えるんが、いちばん嬉しいんや」

「江南……」

「けど……気持ちようなりたいんも事実やし。お前も、このままやったら抜き差しならへんやろ?」

そう言うなり、江南はスウェットの下を穿《は》いたままの下半身を、篤臣のそれに強く押しつける。

「んっ、そ……それ、は……」

事実ではあっても、シャイな篤臣には自分の欲望を素直に認めることが難しい。余裕があるときなら、意地でも言葉で「ほしい」と言わせる江南だが、いつも江南の仕事を最優先にしてくれる篤臣が珍しく自分の仕事を気にしている今、無理を通す気はなかった。

「個人的には、こういうんも嫌いやない」

そう言うと、江南は下着ごとスウェットのズボンを脱ぎ捨てた。そしてベッドサイドの小さなテーブルの抽斗《ひきだし》から、ローションを取り出した。

「な……俺の腰に手ぇ回せ」

「……うん……？」

訝《いぶか》しげに、そしてやや不安げにしながらも、篤臣は素直に江南の腰に手をかける。

とろりとした透明なローションを手のひらに取ると、篤臣のものと自分のものにたっぷり塗りつける。その手の動きとローションの冷たさに、篤臣は小さく身を震わせた。

「あっ」

「一緒にようなる方法は……いっくらでもあるもんな」

そう言うなり、江南は篤臣の頭の両側に手をついた。そして下半身を触れ合わせたままで、大きく前後に腰をスライドさせる。

「あ、ああっ……」

すでに勃《た》ち上がった互いのもの、しかもごく敏感な裏筋が擦れ合い、篤臣は悲鳴に似た声を上げた。無意識にのけ反ると、密着度がいたずらに高まってしまう。

「やっ……え、えなみっ……ふあ……っ」

思わず逃げようとする細い腰を片手で捕らえて逃がさず、江南は互いの腹で二本の楔《くさび》を擦り上げるように、微妙な回転をつけて腰を動かす。

「はっ、あ、ぁ……あっ」

ローションと先走りで、粘った水音が静かな寝室に響いた。

後ろで感じるのとは違う、直截《ちょくさい》的な刺激がもたらす快感が、篤臣をなすすべもなく追い上げていく。ただ喘《あえ》ぐしかない自分の顔を江南に見られるのが嫌で、篤臣は顔を背け、ギュッと目をつぶった。しかし、視覚を遮断したことで、余計に意識と感覚がみずからの熱に集まっていく。

江南の荒い息遣いや、首筋にかかる吐息、そして微《かす》かな汗の臭い……そんなものまでが、篤臣の慎ましい肉欲を、その細い身体から引きずり出した。

「んんッ……！」

「我慢せんでええから、な」

「けど……っ、お前、もっ」

「俺はええねん。……どのみち、お前のイく顔見たら、どないもこないもしゃーなくなるんやし」

「………ッ」

こんなときまでてらいのない江南の言葉に言い返す余裕すら見出せず、篤臣は目の奥が鈍く疼《うず》くほどきつく瞼を閉じ、江南の背中にしがみついたまま、上り詰めた……。

激しいひとときが過ぎると、訪れるのは静寂と、気怠《けだる》さと、身体と心の両方が満たされたことによる穏やかな空気である。

いつものようにきちんとパジャマを着てベッドに入り直した篤臣は、対照的に下着だけを身につけて傍らに寝そべる江南に、戸惑いがちに謝った。

「なんか……ごめんな。せっかく久しぶりに帰ってきたのに、俺の我《わ》が儘《まま》で」

本気で申し訳なさそうにそんなことを言う篤臣の白い額を指先で軽く弾《はじ》き、江南は苦笑いした。

「アホ。お前が謝るなや。それこそ、延々と家を空けとった俺のほうが、よっぽど我が儘やないか」

「だけど、それは仕事で……」

「ええから。……もっとこっち来い」

それでもなお少しわだかまっているらしい篤臣を、江南は優しく抱き寄せた。

「……なんか、布団が全体的にしけって重い気がする」

照れ隠しにそんな悪態をつきつつも、篤臣は従順に江南の腕枕《うでまくら》に頭を預け、剝き出しの肩に頰を押し当てる。江南は低く笑った。

「すまん。明日の朝、布団干すんは俺も手伝うし。けど、ホンマに待ちきれんかったんや」

「なんで今夜に限って、そんなに切羽詰まってたんだよ、お前」

ようやく恥ずかしそうな笑みをこぼした篤臣に、江南も照れ笑いで答えた。

「なんでやろな。思春期のガキみたいに、お前に早《はよ》う触りたくてウズウズしとった。……けど、エロいことしたいっちゅうより、安心したかったんかもしれん」

「安心？」

「お前だけやからな。百パーセント素のままの俺を見せられるんは。お前とお互い何一つ隠されへん素っ裸で抱き合っとると、俺は今、ホンマにホンマの自分でおるんやなー、って実感できるんや。……なんや、物凄い安心する。……おかしいか？」

「いや……。わかるよ。それだったら、まあ、さっきの狼藉《ろうぜき》は許す。いつもああじゃ困るけどな」

篤臣も、ようやく納得した様子で、江南の厚い胸板に片手を置いた。汗が引いてひんやりした肌が、指先に心地よい。

「いつもああやったら、さすがに変態や。もうええ大人やしな」

江南は可笑しそうに笑ったが、篤臣はそんな江南の横顔を見て静かに告げた。

「俺もさ。いつもなら、やっちまってもまあいいかって思ったかもしれないんだけど……タイミング的に、ちょっと」

「タイミング？　なんのや？」

「ん……ホントは食事のときに言おうと思ってたんだけど、なんとなく言いそびれてたことがあって」

「なんぞ職場で問題でも起こってるんか?」

心配そうに顔を覗《のぞ》き込んでくる江南に、篤臣は微笑してかぶりを振った。

「問題じゃない。ただ、今日、城北先生に呼ばれて、言われたんだ。俺を鑑定医にするって。だから、そう言ってもらった翌日に、モタモタした仕事はできないだろ。体調、万全にしておきたくて」

鑑定医という言葉に、江南の切れ長の目が軽く見張られる。

「そら、凄いやないか。鑑定医いうたら、検案書にサインできるようになるっちゅうことやろ?」

「うん、まあ手っ取り早く言えばそういうことだな」

「ほな、法医で一人前のお墨付きをもろたようなもんや。やったな!」

江南は単純に我が事のように喜んだが、篤臣はやはり昼間と同じように、困り顔で笑った。

「そうは言っても、まずは形からってだけだよ。これからますます勉強しなきゃいけないわけで、ホントの一人前になれるのは、まだまだ先だと思う」

だが、そんな謙虚な篤臣の言葉に構わず、江南は自分が認められたように誇らしげな表情で、篤臣の額にキスを落とした。

「それでも、確かな進歩や。ほれ、前にオリンピック見ながら、お前言うとったやろ。順位がどうこうってみんな言うけど、この場におるだけでも選手たちは十分凄いんやって」

「う……うん？」

突然何を言い出すのかと、篤臣は目をパチパチさせる。江南はそんな篤臣の子供っぽい仕草に目を細め、言葉を継いだ。

「オリンピック選手と同じこっちゃ。スタートラインに立って初めて、走る資格が生まれる。結果は、あとからついてくるねん。鑑定医も同じや」

「あ……」

「お前はこれまでずっと頑張ってきた。それを城北先生や美卯さんがちゃんと見とって、鑑定医っちゅう、一人前の法医学者になるチャンスをくれはった。そのことは、素直に喜んだらええ。オリンピックに出られて嬉しいですって言うてるスポーツ選手に、結果出すまで喜ぶなって言う奴はそうそうおらんやろ。それと同じや」

「ん……。それもそうだな」

篤臣の眉間《みけん》から、懸念の色がようやく消える。単純明快な江南の励ましが、今は何よりも心強かった。

「俺、正直言うと、まだまだ鑑定医なんかやれる自信はないんだけど……」

「自信なんか持つと、ろくなことにならん。ビビリながら、ちょっとずつ慣れていったらええねん」

「城北先生にも同じこと言われたよ」

篤臣はそう言ってクスリと笑った。江南は、まだ湿ったままの篤臣の髪を梳《す》くように撫で、ふっと笑った。

「そんだけ、お前は誰の目にも生真面目《きまじめ》すぎるっちゅうこっちゃ。……せやけど、俺にもおめでとうて言わせてくれ」

江南の祝福に、篤臣はほんのり頬を染めてはにかむ。

「ありがと。とりあえず、城北先生にやっぱ撤回、って言われないように頑張るよ」

「おう。……それにしても、せやったらお前も、これまでより少しは忙しゅうなるやろ？」

「まあ……そうだな。保険会社の相手をしたり、鑑定書を書いたり、出廷したり……。解剖のあとに発生する仕事を、やらなきゃいけなくなるから、多少は」

「ほな、これだけは言うとくけど、無理なときは、家事はほっとけや？　代わりにやったるとは言われへんけど、掃除とかは業者を雇うっちゅう手もあるんやし……その、お前の日々の努力には感謝しとるけど、実際のところ、埃《ほこり》で人はそうそう死なへんからな？」

不器用な江南の気遣いに、篤臣は思わず噴き出した。

「そりゃそうだけど！　でも俺がこの家を居心地よくしときたいのは、別にお前だけのためじゃなくて、単にそうしたいからで……」

「わかっとる。それでも俺にはお前がいちばん大事なんや。俺に無理すんなってお前がいつも言うように、俺もお前に倒れるほどの無理はしてほしゅうない。……わかるやろ？」

「……ん。わかる」

「よっしゃ。……ほんなら、俺には強がりはなしやで？　甘えるとこは、ちゃんと甘える。手ぇ抜くとこは、ちゃんと抜く。……約束な？」

そう言って江南は右手の小指を差し出す。

「……なんか、子供みたいだな。けど、うん。約束する。せいいっぱい頑張るし、そこその無理はするけど、絶対に限界は超えない。そういうの、ちょっと苦手だけど……きついときは、サボれるとこはサボるし、お前に泣き言言って、甘える」

篤臣は照れくさそうにしつつも、神聖な誓いのように真面目な顔でそう言い、自分も右手の小指を江南の小指にそっと絡めた。

そうして繋《つな》いだ指が、互いの心の結びつきを象徴しているようで、篤臣の心から少しずつ不安が消えていく。

ようやく篤臣がいつもの彼らしい笑顔になったのを確かめ、江南は小指を解《ほど》くと、篤臣に触れるだけの軽いキスをした。そして、篤臣曰《いわ》くの「全体的にしっけて重い」布団を互いの顎の下まで引き上げた。

「ほな、寝るか。……明日は、新しいスタートラインに立たなアカンねんしな」

「……うん。実際に鑑定医に任命されるのはもう少し先だと思うけど、でも気持ちは先にスタートを切らなきゃ。……ありがとな、江南。おやすみ」

肩を抱かれたまま、篤臣は江南の体温を感じながら目を閉じた。安らかな眠りは、すぐに訪れる。

「鑑定医か……。お前は優しい奴やから、今まで以上に事件に深くかかわることになったら、傷ついたり、悩んだりすることも増えるかもしれん。……けど、忘れんなや。いつでも、俺が傍《そば》におることを。お前のためやったら、俺はなんでもするからな」

篤臣の穏やかな寝顔を見守りながら、江南は子守歌代わりにそう囁いた。そして、ほんの少し上向いた篤臣の鼻の頭にキスすると、自分も静かに目を閉じた……。

二章　心のささくれ

翌朝、江南より二時間ほど遅く、篤臣はK医大に出勤した。

消化器外科の術前カンファレンスは恐ろしいほど朝早くに始まるので、江南は秋から冬にかけては、まだ暗いうちに家を出ていくことが多い。

一方、法医学教室では、朝いちばんの解剖は午前九時半に始めると慣例により決まっているので、篤臣は江南よりずいぶんゆっくり家を出ても大丈夫なのだ。

もっとも、同じ時間に起床して共に朝食を摂り、江南を見送ってからは洗濯と掃除に黙々と励んでいたので、優雅な朝などという言葉からはほど遠い慌ただしさである。

それでも、早朝から身体を動かしていたので、ウォーミングアップは十分だ。秘書に朝の挨拶《あいさつ》をし、机に荷物を置くと、篤臣は今日の解剖の予定と所轄署を確認して、すぐに解剖室へと向かった。

解剖準備室に入ると、奥の女子更衣室から中森美卯がちょうど出てきた。

「あ、おはようございます！」

篤臣が挨拶すると、術衣に着替えたもののまだ長い髪を下ろしたままの美卯は、いつものカラリとした笑顔で挨拶を返してきた。

「おはよ。何、今朝《けさ》はやけに張りきってるわね。やっぱ、鑑定医任命効果？」

ストレートにからかわれて、篤臣は軽いふくれっ面で言葉を返した。

「そりゃ気合いは入りましたけど、そんな、いつもはサボってるみたいな言い方されると、ちょっと抵抗が……」

「あはは、それもそっか。失礼」

「それに、ホントに鑑定医になるのは、もう少し先でしょう？」

「まあ、それなりの手続きがあるからね。でも、気分だけは今日から味わってもらうわよ」

美卯は悪戯《いたずら》っぽく片目をつぶってそう言うと、長い真《ま》っ直《す》ぐな髪を後頭部でまとめ、器用に後ろ手でクルクルと巻き上げた。

「あー……しまった。ヘアクリップ、忘れてきちゃったわ。これでいっか」

休憩用テーブルに誰かが忘れていったボールペンをヒョイと片手で取り上げると、美卯はそれをかんざし代わりにして、髪をかっちりしたアップスタイルに仕上げる。その見事な手際に感嘆の眼差《まなざ》しを向けつつも、篤臣は胸に芽生えた疑問を口にした。

「鑑定医の気分だけは味わってもらうって?」

「これまで永福君がやってきたのは、法医学者修業の第一段階。鑑定医について、その仕事の進め方を勉強しながら、解剖の手技を身につける。それはクリアしたと城北先生も私も判断したわ。自分ではどう思う?」

篤臣は戸惑いながらも頷く。

「それは……確かに。ブランクのせいで、一度は振り出し近くまで戻った感はありましたけど、やっとひととおりのことはできるようになったと思います」

美卯は術衣と同じ生地のターバンで頭部を覆いながら頷き返した。

「OK。というわけで、今日からは、晴れて第二段階に進んでもらうことにしたわけ」

「第二段階?」

「そう。鑑定医になる前に、鑑定医の監視のもとで、司法解剖を仕切ってもらうわ」

篤臣は温和な顔に緊張を走らせた。

「司法解剖を仕切るって……その、これまでみたいな、外表所見を言ってみなさい、みたいなことじゃなくて、一件丸ごとってことですか?」

美卯は平然と頷く。

「当たり前でしょ。鑑定医になったら、どうせ日常的にやらなきゃいけなくなることよ。ホントに責任取らなくていいうちに、できるだけ予行演習をさせてあげようっていう親心じゃない。……何よ、ご不満？」

「ふ、不満なわけないじゃないですか！　嬉しいっていうかありがたいですけど、でもなんか急な話なんで、ビックリしちゃって」

「少しずつ慣れろって、城北先生はおっしゃってなかった？　なんの準備もなしにあんたを鑑定医にするほど、私も城北先生も勇者じゃないのよ」

美卯はクスリと笑ったが、すぐに真顔に戻った。

「ただし、今朝はいきなり子供の解剖だから、ちょっとブルー度高いかもしれないけど。でも考えてみれば、私たち、どのみち解剖する相手を選べないんだから……いいわよね？」

篤臣も、微妙に眉尻を下げた。

「四歳の男の子だそうですね。子供の解剖はいつだって気が重いですけど、確かに選《え》り好《ごの》みできる仕事じゃないですから、やらせてもらいます」

決して明るいとは言いがたい表情だったが、ハッキリとそう言った篤臣に、美卯は小さな笑みを浮かべた。

「だったら、早く着替えてらっしゃい。今日は城北先生が鑑定医だけど、死体検案書作成まで永福君がやるのよ。永福君が来るまで、解剖が始まらないわ」

「うわあ、はいっ、すぐ着替えます！」

篤臣はまだ強張《こわば》った顔のまま、大慌てで更衣室に飛び込んでいく。その背中を見送り、美卯は呆れ顔で肩を竦めた。

「……もう。江南君みたいに図太すぎるのもどうかと思うけど、永福君みたいにすぐナーヴァスになる子も手がかかるわね。これまでは、つい手取り足取り面倒みちゃってたけど、今日からは私も我慢しなきゃ。教えるほうも、なかなかに苦行だわ」

そう独りごちると、彼女は一足先に解剖室へと向かった。


更衣室で術衣に着替え、解剖室の入り口で、壁のフックに引っかけられたオペ着とゴム引きのエプロンを術衣の上から身につけ、膝《ひざ》まである釣り用の長靴に履《は》き替える。

そんないつもの重装備で篤臣が解剖室に入ると、所轄の五人の刑事たちが口々に挨拶の言葉を投げかけてきた。極めて体育会系の彼らだけに、挨拶の声は若干必要以上に大きい。

「おはようございます」

いつもならなんとも思わないそんな声にまで軽いプレッシャーを感じつつ、篤臣は挨拶を返し、解剖台に目をやった。

ステンレスの綺麗に磨き上げられた解剖台に横たわっているのは、男児の小さな身体だった。まだ着衣のままなので、パッと見は眠っているように見える。強張った顔面も手伝い、どこか蠟人形《ろうにんぎょう》のようだった。

「……………」

（なぜだろうな。子供の解剖のときは、死んでるってわかってても、起き上がるんじゃないかって思っちまう。いっそ起き上がってほしい、解剖したくないって願望かな）

そんなことを考えながら、解剖器具が並べられたステンレスのワゴンから使い捨ての手術用手袋を取り、嵌《は》めようとした篤臣は、あることに気づいてギョッとした。

普段は篤臣と美卯が交代で務める書記の席に、今日はなんと城北教授が涼しい顔で座っているのである。いつもは最後に悠々と現れる城北が、今日は早々に解剖室に下りてきているので、定刻前入室だというのにラストを飾ってしまった篤臣は、早くもいたたまれない気分にさせられる。

「あの……」

篤臣が何か言おうとするのを視線で制し、城北は穏やかに、しかしきっぱりと篤臣に告げた。

「高橋《たかはし》さんに今話していたんだが、どうも最近、腰の具合が思わしくなくてね。解剖で前屈《まえかが》みになるのが、いちばんこたえるんだ。で、今日は、君にわたしの代理を務めてもらうことにしたよ、永福先生、頼めるだろう?」

「は……はい」

緊張しつつも、さっき美卯が言ったとおり、いずれは平然と引き受けられるようになるべき重責だ。修業の機会を与えてくれた城北に感謝して、篤臣は頷いた。

「では、高橋さん、全員揃《そろ》ったところで話を聞こうか」

城北は愛用の太い万年筆を手にすると、所轄の刑事を促した。

城北の向かいには、調書を手にした中年男がかしこまった様子で座っている。高橋警部補……以前、江南の受け持ち患者であった松川孝志《まつかわたかし》の傷害事件を担当していた刑事だ。江南とはあの事件以来会っていないが、篤臣とは、所轄で他殺事件が起こるたび、顔を合わせている馴染《なじ》みの仲である。

「今日は、永福先生が頑張ってくださるそうで。よろしくお願いします」

城北の手前、高橋は篤臣に慇懃《いんぎん》に挨拶した。だが、そのいかにも現場叩き上げの塩辛い顔には、やや底意地の悪い色合いで、「お手並み拝見」と書いてある。

階級制度と実力主義が混在した警察組織だけに、肩書も実績もまだ乏しい篤臣のことを、刑事たちが心から信じているわけでないのは明らかだった。他の刑事たちが篤臣に向ける目にも、冷ややかというほどではないにせよ、多少意地悪な好奇の色がある。

(なんだよ。いきなり身内と警察が揃ってこんなアウェー感出さなくてもいいのにさ……)

自分の職場であるはずの解剖室が、今日はなぜか他人の家のように落ち着かない。美卯に解剖を仕切れと言われてからずっと、篤臣の鼓動は全力疾走したあとのように速いままだ。緊張で、気持ちが悪くなりそうだった。

だが、動揺しやすいわりに、篤臣は負けず嫌いでもある。

（くそ、ここでビビッてるとこ見せたら、この先ずっと舐められっ放しじゃねえかよ。落ち着け、俺！）

実力が伴わないのに虚勢を張るのはくだらないことだと思いつつも、刑事たちのようなマッチョな人種には、いわゆるインテリのハッタリというものが有効であることに、篤臣はこれまでの経験で気づいている。

（踏ん張れ。最初が肝心なんだからな！）

自分自身に活を入れ、篤臣は一つ深呼吸した。そして、腹に力を入れて口を開いた。

「じゃあ状況、お願いします」

「はい。……それじゃ、ご説明します。ホトケさんは、原田尚之《はらだなおゆき》君。四歳。家族構成は、母親の三枝子《みえこ》さん三十一歳と、双子の弟、真司《しんじ》君の三人暮らしです」

城北の背後に立つ美卯は、小首を傾《かし》げた。

「あら。お父さんは？」

それは予想された質問だったのか、高橋は即座に答えた。

「父親とは二年前に死別しています。病死で、これについては特に問題ありません」

「そう。じゃあ、お母さんが働いて二人の子供を育てているの？　大変ね」

「母親は、小学校の教師をしています。子供二人は幼稚園の延長保育を利用して、夕方まで預かってもらっているそうです」

「……中森先生」

高橋の言うことを要約して書き留めるべくペンを走らせながら、城北は紙から視線を上げず、さりげなく美卯の名を呼ぶ。それだけで意味は十分に通じたらしい。美卯はしまったという様子で口を噤《つぐ》み、篤臣を見た。

「失礼。説明、続けてください。……永福先生、あとの質問はお任せするわね。着衣の外表写真を撮っておくから」

そう言って、美卯は書記席から離れ、カメラの準備を始める。篤臣もハッとした。

最近では、美卯が司法解剖を仕切ることが多いので、こういうとき、質問するのは美卯の役で、篤臣は色々と準備を進めながら背中でそれを聞くというのがいつものパターンだ。ついつい二人してその癖が抜けずにいたのを、城北にまとめて指摘されたのである。

高橋はそんな二人の様子を気にすることもなく、調書を繰りながら説明を続けた。

「事件が起こった昨日は、前日に弟の真司君が水ぼうそうを発症し、他の子供たちに迷惑がかからないようにと、二人とも幼稚園を休んでいたそうです。母親も仕事を休み、自宅で三人で過ごしておりました」

高橋は、調書に綴《と》じ込まれた死者宅の見取り図を広げた。

それは、2LDKのマンションの一室だった。高橋は、節くれ立った太い手で、LDK部分を指さした。

「一室は母親の寝室、隣は子供たちの寝室になっていて、普段、三人はこのLDKの茶の間で寝るまでの時間を一緒に過ごしているそうです。広さは十畳、置いてあるのはテレビ、こたつ兼ローテーブル、座椅子、二人掛けのソファー、あとは物入れのプラケースと本棚といったところですな。まあ、ごくありふれた、質素な部屋です」

城北と篤臣が頷くのを確かめ、高橋は現場のポラロイド写真を書記机の上に数枚並べながら話を続けた。

「事件発生は、昨日十五時四十分頃。当時、子供二人は茶の間のローテーブルでお絵かきをして遊んでおり、母親はおやつの用意をしてやってから、十五時三十分頃から子供部屋の掃除をしていました。用心して仕事を休んだものの、子供たちは元気そうだし、母親にとっても貴重な休暇になったんでしょうな。事件発生時刻は、子供部屋で掃除機をかけていたので、特に物音などは聞かなかったということです」

高橋は、何か質問は？　と言いたげに、チラと篤臣を見上げる。ようやく少し落ち着いてきた篤臣は、考えながら問いを発した。

「ええと……子供たちは元気ってことは、弟の真司君の水ぼうそうは軽度だったんですか？　兄の尚之君も、発症しなかった？」

「はい。母親によると、幸い昨年に水ぼうそうのワクチン接種を二人とも受けていたそうで。真司君は、腹部に五つほど発疹《はっしん》が出たくらいで、発熱もなく、軽い症状だそうです。……っていうか、ワクチンを打ってもかかるもんなんですかね、水ぼうそうってのは。うちのガキの頃は、ワクチンなんぞなかったんで、身体じゅうブツブツになって痒い痒いと大騒ぎしとった気がしますが」

高橋にリラックスした口調で質問を返され、篤臣はようやくいつもの彼らしいささやかな微笑を浮かべた。

「俺もがっつりかかったくちです。日本で水ぼうそうのワクチンが打てるようになったのは、確か一九九五年くらいからじゃなかったかな」

「へえ。そりゃまた、意外に最近の話ですなあ」

「ええ。それに自費ですし、効果も完璧《かんぺき》じゃないんです。だから、発症する子も少なくないそうで……。それでもワクチンを受けていれば、万が一発症しても軽度で済むって言いますから。この双子の場合も、そうだったんでしょうね」

「ほうほう。詳しいですな、永福先生」

「時々、健康相談のアルバイトに行くもんで。そういう場所では、広く浅い知識が必要なんです。……ええと、それで？」

高橋に感心したように見られ、篤臣は照れながらも先を促した。

「まあそんなわけで、四歳の男の子二人ですから、ずいぶん賑《にぎ》やかに遊んだり飲み食いしたりしていたんでしょうなあ。そこで、なんらかの事故が起こったと思われます。事件発生時刻、掃除を続けていた母親のもとに、弟の真司君が来て、お兄さんの尚之君が寝てしまってつまらないと訴えたそうです」

「寝てしまった？」

「小さい子供ですからな。動かなくなれば、すべからく寝たと考えるのは自然な流れです。そこで母親が、それなら昼寝させようかと茶の間へ戻ったところ、ローテーブルの下に敷いたラグの上に、尚之君が仰向《あおむ》けで、いわゆる大の字になっていたそうです」

「仰向け、大の字……か」

城北はふむふむと小さく相槌を打ちながら、軽快に万年筆を走らせる。筆記紙には、いつもの美卯や篤臣のそれとは違う、まるで昔の文豪の手紙のような流麗な字が並んでいた。

（あとで読めるかな……これ）

不安げな篤臣の横に戻ってきた美卯も、城北の手元を覗き込んで唇を盛大にへの字に曲げる。どうやら、同じことを考えたらしい。

「母親も、最初は遊び疲れて寝ているのだと思い、起こして布団に行かせようとしたところ、どうも様子がおかしい。どんなに強く肩を揺さぶっても目を開けないし、鼻と口に顔を近づけてみると、息をしている様子がない。で、そこで初めて異常事態に気づいたわけです」

「ふむ。今のところ、特に不審な点はないようだね」

万年筆を走らせながらの城北の言葉に、高橋は苦笑いでかぶりを振った。

「いや。問題はここからで。救急に母親から電話が入ったのが、十六時四分なんですよ」

篤臣は軽く眉をひそめた。

「弟さんがお母さんを呼びに行ったのが午後三時四十分頃、そして救急に電話したのが午後四時四分ってことは、約二十分後？　妙に時間がかかってますね」

美卯と城北も同じ疑問を持ったらしく、三人の視線は高橋に集中する。高橋は、短い髭が生えたガッチリした顎を撫でながら、「まず第一の疑問はそこなんですよ」と言った。

「母親の供述としては、とにかく動転していたんだと言うんですな。弟は不穏な空気を察して泣き出すし、母親自身もパニックに陥ってバタバタしてしまい、救急に通報をすることになかなか思い至らなかったんだと……。まあ実際、救急が到着したときには、さすが教師というべきか、かなり落ち着きを取りもどしていたそうですがね」

篤臣は、注意深く言葉を選んで問いかける。

「つまり、動揺しているうちに、二十分ほどが経過してしまったと。その間、お母さんは、蘇生《そせい》を試みたとおっしゃってますか？」

「一応、試みたという話です。まあ、小学校の教諭ですから、子供の救命処置のやり方は知ってるはずです。それなりにやったでしょう。……ですが、ここからが新たな問題で」

「まだ問題点が？」

「あるんですよ」

高橋は勿体《もったい》ぶった口調で、重大な秘密を明かすように声を低めて言った。

「救急隊が到着したのは、八分後の十六時十二分です。隊員が言うには、すでに尚之君の露出した部分の皮膚は触れると冷たく、背面に軽く死斑《しはん》が出始めていたと」

「！」

篤臣は息を呑んだ。美卯も、腕組みして、眉間に深い皺を刻む。何か言いかけて一度は口を開いた彼女だが、篤臣の発言を待ち、唇を引き結んで我慢する。城北も、チラと篤臣を見ただけで、すぐに筆記に意識を戻してしまった。

篤臣は、ゴクリと生唾《なまつば》を飲んだ。その場にいる皆が、篤臣の発言に注目しているのがわかる。緊張で、じっとしているのに背筋に嫌な汗が流れた。

「それは……奇妙ですね。皮膚の冷却が感じ取れるようになり、死斑が出現するには、特殊な条件下でない限り、少なくとも一時間はかかるはずです。……顎関節の硬直は？」

「幼児なんで、硬直はそもそもあまり強くないでしょう？　そのせいかもしれませんが、そのときには感知しなかったと」

「……ということは、やはりその段階で、死後一時間以上、二時間未満が経過していたと思うべきだな……」

篤臣の独り言のような呟きに、城北もようやく同意の言葉を口にする。

「永福先生の言うとおりだ。それで、救急隊は彼を病院に搬送したのかね？」

高橋は調書のページをめくりながら頷いた。

「やはり子供のことですのでね。一応最寄《もよ》りのP総合病院に搬送されています。しかし、搬送先の病院では、死亡確認のみ行い、すぐうちに異状死としての届けがされたというわけで。最近は児童虐待が問題になってるだけあって、病院も神経質なくらいきっちり対応してきますなあ」

感心したように言う高橋に、篤臣は少し焦れて訊ねた。

「それで、直腸温は?」

「うちが測定したのは十七時十五分で、三十五・二度でした。ついでに言うと、顎関節《がくかんせつ》と頸《けい》関節《かんせつ》に死後硬直も出とりましたよ」

「……ってことは……やはり、救急到着時に死斑が軽く出ていたこと、直腸温と死後硬直の程度から考えて……」

篤臣は、壁掛け時計を見ながら、手袋の指を折って計算した。

「死亡推定時刻は、昨日の午後三時十分前後……ということになりますね。おかしいな。その頃には、母親はまだ掃除を始めていないはずなのに。母親の供述した時刻は、確かなんですか?」

高橋は、気障《きざ》に肩を竦めてみせる。

「まあ、いちいち自宅で家事をするとき、開始時刻と終了時刻を確認する奴もそうそういませんのでね。多少の誤差はあるでしょうし、母親本人も、あくまでも『頃』だと言い張っとります」

「でも……」

篤臣は、背後の幼い子供の遺体をチラと見て言った。

「でも、そんなに長く子供たちから目を離すわけはないだろうし、いくら自分で処置しようとしていたといっても、やっぱり死斑が出始めるほど救急への連絡が遅れるというのは……不自然ですよね」

「……そうよね。そこのところは、解剖の結果次第では、母親を追及することになるんでしょう?」

美卯は外表所見を図示するための人体のシルエットが描かれた用紙をボードに挟みながら、高橋にさりげなく訊ねた。高橋は、ポーカーフェイスでその質問を受け流す。

「まあ、そうなるかもしれませんな。……あとは、そうですな。何かご質問は?」

高橋に教師のような口調で問われ、篤臣は軽くムッとしながらも素直に訊ねた。

「一応訊いておきますけど、家の中の様子は……その、散らかっているかどうかとか、清潔かどうか、とか」

「ああ、そうでした。家の中は、小さい子供が二人いるわりに、綺麗でしたよ。まあ、悪戯の痕跡《こんせき》は、あちこちにありましたがね。落書きとか、手形とか……小さい子が普通にやるようなことです」

自分の子供が幼い頃を思い出したのか、高橋は珍しく、いかつい顔をほんの少し緩める。だが彼は、その父親の笑顔をすぐに刑事の意地の悪い笑みに変え、こう続けた。

「虐待の有無は、それこそ先生がたに調べていただかにゃなりませんが、家の中を見たところ、そういう荒れた雰囲気はなかったですな。弟の真司君は、調書を取っとる間、ずっと母親にベッタリでした」

高橋はさっき机の上に並べた写真の中の一枚を、篤臣たちに示した。

「これが、茶の間の写真です。ローテーブルの上には確かにマグカップが二つ、どちらもがひっくり返り、牛乳だらけになっとりました。あと、これまた牛乳浸しになってますが、確かに双子はお絵かきをしていたようで、スケッチブックが二冊、クレヨンがワンセット、テーブルの上には出ていました。あと、おやつのどら焼きに関しては、母親が皿に二つ盛って出しておいたそうですが、一つは手つかずのまま皿の上に、もう一つは半分くらい、テーブルの上に残ってました。こんなふうに」

高橋はさらにもう一枚、テーブルの上のどら焼きを接写した写真も見せた。皿の上に残された一つはまだ個別包装の袋に入ったまま、もう一つは破られた袋がテーブルの上にあり、その横に食べかけのどら焼きが転がっている。

「ミルクは引っくり返してるし、おやつは残ってる。……よっぽどお絵かきに熱中してたんですかね」

篤臣の言葉に、美卯も同意した。

「そうね。人間、夢中になると寝食を忘れるってのは、老若男女を問わない現象なのかも」

「あ、あと、既往歴はどうですか？　先天性の奇形や疾患……」

「ああ、よかった、いつそこを訊かれるかと、さっきからずっと調書に指を挟んで待ってたもんで。……ええとですね」

意地の悪さからか、あるいは城北の「教育実習」につきあうつもりなのか、高橋刑事はわざとそこには触れず、篤臣に問われるのを待っていたらしい。

「母親が妊娠中、軽い妊娠中毒症になった以外、特に子供たちにはたいしたこともなくここまできたそうです」

「……そうですか。では、あとはご遺体を診ながら、またわからないことがあったら訊くことにします」

若干カチンと来ていることを隠せないへの字口でそう言うと、篤臣は遺体の前に立ち、城北と美卯に言った。

「じゃあ、とりあえず外表所見から、始めます」

「お願いします」

城北と美卯にそう応じられるのは初めてで、篤臣の緊張はいっそう高まる。だがそれは、ここに最初入ってきたときの怯《おび》えから来る緊張ではなく、何一つ見落とすことなく、目の前の小さな身体から読み取ろう。そんな決意に繋がる緊張だった。

(死因……必ず、特定してやるからな)

幼い、不思議と安らかに見える男の子の死に顔を見下ろし、心の中で話しかけてから、篤臣はメジャーと金属製のスケールを手にした。

「身長、九十八・四センチ、体重は……」

すぐに、補助に入った美卯が、事前の計量の結果を教えてくれる。

「あとで着衣の重さを引いて正確に出すけれど、着衣のままで十六・二キロ。標準体重が十五キロ目安だから、ほぼ標準体重ね」

「ありがとうございます。栄養状態は良好。頭毛の発生は密、色はやや茶色がかった黒、着衣は……」

篤臣が声を張って述べる所見を、城北がすぐさま、用紙の所定の欄に書き込んでくれる。そんな二人のサポートを実感すると、篤臣もいつもの冷静さを少しずつ取りもどすことができた。

解剖台に横たわる少年は、可愛い黄色と黄緑のトレーナーの上下の上から、青と白のギンガムチェックの上着を着ていた。上着は丸い襟がついており、前合わせには幼児でも留められるような大きなボタンが並んでいる。おそらく、上着は遊ぶときのエプロン代わりなのだろう。あちこちに、クレヨンや絵の具らしきシミがついていた。靴下は、男の子らしく、今、放映中の特撮ヒーローが足首部分にプリントされている。

「……ずいぶん可愛いの、着せてもらってたんだな。でも、ごめんな。脱がすよ」

思わず小さな声で物言わぬ遺体に話しかけながら、篤臣は服を丁寧に脱がせていく。上着、トレーナーの上下、下着、靴下……。

しかし、そうして露わになった裸体を見たとき、篤臣は眉をひそめた。重さをはかるため、衣類を集めようとした美卯を制止し、篤臣は高橋を見た。

「あの、救急到着時、衣類はどうなってました？」

「ああ、上着がだぶっとしてますからな。上着とトレーナーごと上にまくり上げて、胸部を露出した状態だったそうです。救命処置をしようとしたって母親の供述は間違っちゃおらんのでしょうな」

高橋はそう言ったが、篤臣は訝しげな顔のままで首を捻《ひね》った。

「確かに特に子供の場合は、胸元を露出しないと、正しい場所に手を置けませんしね。病院でも？」

「病院では、いったん上をすっぽり脱がせたそうです。死亡確認後、看護師が母親と着せ直したらしいですな」

「……だとしたら、妙だな」

篤臣の呟きに、美卯が問いかける。

「何が妙なの？」

「これ。胸部正中に、小さな皮下出血が二つあるでしょう。軽い表皮剝脱《はくだつ》も伴ってるみたいだ。しかも、かなり新鮮なものです」

篤臣はピンセットの先で、小さな胸のほぼ真ん中あたりにできた淡い青紫色の変色部位を示す。美卯も鼻筋に浅い皺を寄せた。

「……ホントだわ」

「どうしたんです？」

刑事たちも、美卯の両脇にやってきて、遺体の胸部を覗き込む。城北も、書記席から立ち上がり、少し後ろから遺体を見ている。篤臣は、彼らに皮下出血部位を示しながら言った。

「ほら。こんなふうに、胸部中央に二箇所、円弧状の皮下出血があるでしょう。何か固いものを押しつけられたと思われます。しかも、微妙に擦れたんでしょうね。皮下出血の縁には、表皮剝脱も見られます。つまり、擦り傷ですね」

おお、と刑事たちは口々に声を上げる。待機していた鑑識員は、すぐに写真撮影の準備にかかる。高橋は、不思議そうな顔で篤臣に訊ねた。

「新しそうだとおっしゃってましたが、するとこれは……」

篤臣も、すっかり落ち着いた口調で答えた。いざ仕事に取りかかれば、目の前の所見を取りこぼすまいと集中しているので、緊張などすっかり忘れているらしい。

「おそらく、死亡事故が起こったとき、あるいはその寸前にできたものでしょうね」

「ほう。しかし、またどうしてこんな傷が？」

「それはたぶん……」

篤臣は、美卯の手からギンガムチェックの上着を取り返し、ボタンがついている側の前身頃を皮下出血のすぐ近くに置いた。一同の口から、またしても、「ああ」だの「おお」だのといった納得の声が上がる。

「あとできっちりはかって所見を言いますが、この円弧状の皮下出血と表皮剝脱のライン、上着のボタンにぴったり合います。ほら、損傷の間隔も、ボタンの間隔とぴったり同じです」

刑事たちは目の色を変えた。いつも高橋と行動を共にしている新人刑事、森崎《もりさき》が、早くも興奮気味の声を上げる。

「なるほど！　ということは……」

「死亡寸前に、胸部をなんらかの理由で打撲した、ということになりますね。この皮下出血は、ボタンが強く皮膚に押しつけられたため、そして表皮剝脱は、その際、ボタンの縁がひときわ強くトレーナーの上から皮膚にめり込んだので……」

「トレーナーと皮膚が擦れたわけですねっ？」

「そうです。それが死因と直結するかどうかはまだわかりませんが、死亡直前にできた損傷ですから、重要所見だと考えたほうがいいと思います。……とにかく、全身の写真から、あらためて全身の所見を言っていきます。撮影しますから、皆さん、どいてください」

篤臣の毅然とした声に、皆、美卯と鑑識員を残して解剖台からさっと離れた。つい数分前まで篤臣を舐めてかかっていた刑事たちだが、仕事に取りかかるなり、篤臣が冷静さを取りもどし、鋭い見立てを繰り出したことで、篤臣に一目置くようになったらしい。

(落ち着け。落ち着けよ、俺。目先の損傷にとらわれすぎるな。順番に、全身をきちんと観察していかなきゃ駄目だ)

そんな刑事たちの態度の変化に気づく余裕もなく、篤臣ははやる心をいましめ、深呼吸をした……。

それから一時間あまり後。

篤臣と美卯は、向かい合って遺体の解剖に取りかかっていた。

今日は、すべてを篤臣が取り仕切ると決めたとおり、幼児の亡骸《なきがら》の細い喉に最初のメスを入れたのも篤臣だった。

たとえ解剖補助の立場でも、遺体に対する畏敬《いけい》の念は変わらない。それでもやはり、自分がイニシアチブを取るとなると、緊張感と気合いの入り方もひとしおだ。

薄い皮膚を切開し、まずは胸部の皮下出血部位の皮下組織を露出させる。やはりそこにも、新鮮な出血が認められた。

どんな小さな所見でも、篤臣と美卯はいちいちその箇所に小さなスケールを置き、写真撮影を要請する。解剖が始まってからは、鑑識員と共に、城北教授が書記の手を休め、その役目を引き受けてくれた。

「美卯さん、喉、お願いします」

篤臣は美卯にそう言った。

下顎のラインに沿ってメスを入れ、舌から肺までを一続きに摘出するという手技は、もち篤臣にもできる。だが、小さな子供の場合、顎も口腔も小さいので、サイズの小さな女性の手のほうが組織を傷めず、スムーズに作業を行うことができる。

「わかったわ」

篤臣の意図を汲《く》み、美卯は遺体の頭部のほうへ移動した。篤臣は、すでに露出した腹部臓器の処理にかかろうとする。

ところが。

「永福君、ちょっと来て」

美卯が尖った声を出した。篤臣は、すぐにメスを置き、美卯のもとに歩み寄る。

「どうしました？」

「これを見て。……喉を私に任せたの、正解だったかもよ。永福君の大きな手だったら、崩しちゃってたかも」

獲物を見つけた猫のような目をして、美卯はそんなことを言う。

「崩す……?」

「ほら」

美卯は喉から引き出した舌を軽く引き、遺体の咽頭《いんとう》……いわゆる喉元を広く露出させる。

それを見た篤臣は、あっと声を上げた。

「そうか、どら焼き……!」

刑事たちも、「あー」と口々に声を上げた。遺体の喉には、大きなどら焼きの欠片が、それこそ栓のようにぎっちりと嵌まり込んでいたのである。

「写真!」

現状をできるだけ早く記録すべく、篤臣は鋭く指示を飛ばした。そして、高橋に視線を向ける。

「母親は、おやつにどら焼きを出したんでしたよね?」

高橋も、すぐに調書を持ってやってくる。

「はい。確かに。一つは手つかず、一つは半分残っとります。なるほど、どら焼きを喉に詰まらせて窒息死……ですか」

「だとすると、苦しくて胸元を叩いたから、あんな皮下出血が？」

高橋の横から、若手の森崎もどこか弾んだ声を上げる。幼い子供が死んだことに変わりはなくても、犯罪ではなく事故ならば、刑事でも少しは安堵《あんど》するのかもしれない。

だが城北がそんなムードを窘《たしな》める前に、篤臣は厳しい顔で口を開いた。

「いえ。まだそうとは限りません。早合点は、事実を歪めます。これから丁寧に見ていきますから、待ってください。……美卯さん、俺も手伝いますから、そのどら焼きが崩れないように気道と食道、取り出しましょう」

「わかったわ。ここだけは、私が指示するわね。少しずつ剝離していくから、過程で何度か写真を撮りましょう。永福君は、私が言うように保持してくれる？」

「わかりましたっ」

「撮影は任せておきなさい」

城北も、落ち着いた声で若い二人をサポートする。決して広くない解剖室に、緊迫した空気が立ち込めた。

そして……。

補助台に一続きに置かれた舌から食道、及び気道と肺を、写真撮影しながら慎重に、少しずつ切り開いていく篤臣の周囲を、刑事たちがぐるりと取り巻く。

まさに息をするのも忘れてピンセットと鋏《はさみ》を動かしていた篤臣は、低く呻《うめ》いた。補助をしていた美卯も、「うーん……?」と微妙な声を出す。

長身の森崎刑事は、焦れたように篤臣をせっついた。

「先生、どうなんですか? これ、どら焼きがガッツリ喉に詰まってるじゃないですか! やっぱ窒息でしょ?」

だが篤臣は、難しい顔で首を傾げた。

「いや……。確かに、咽頭部にどら焼きがみっちり詰まってはいるんですが……何かおかしいですよ、これ」

篤臣に同意を求めるようにチラと見られた美卯も、何か言いたいのをぐっと堪える顔で頷く。おそらく、篤臣の見立てを聞くまでは、自分の考えを言うまいと自戒しているのだろう。

高橋と森崎は、いかにも上司と部下らしく、同時に追及の声を上げる。

「何がおかしいんですか、先生」

決まり悪そうに顔を見合わせたあと、補足したのは上司の高橋だった。

「窒息死だったら、所見が合わんとか、そういうことですか?」

だが篤臣は、小さくかぶりを振った。

「正直、窒息死の所見と急性死の所見というのはほぼ同じで、そういう意味ではこれまでの所見的に不自然なところはありません。でも、今、目の前にあるこれが不自然な気がするんですよ」

「は？　そりゃ、どういうことで」

「つまり……ですね」

篤臣はピンセットと鋏を置き、手術用手袋の上から嵌めた、血液のしみた軍手のままでどら焼きをちぎる仕草をした。

「僕ら、どら焼きを食べるときには、こうして……二つにちぎって食べることがありますよね。その、現場の写真に残された食べかけのどら焼きみたいに、こう」

同じ仕草をして、森崎もうんうんと頷く。

「ですね。歩きながら食うときとかなら別ですけど、まあ、普段は半分くらいにしてから齧《かじ》りますよね」

「女の子だったら、一口ずつちぎって食べることもあるわよ」

美卯が言葉を足す。

篤臣は頷いて、「でも」と話を続けた。

「四歳の子供って、手が小さいし、まだ不器用だし、ちぎるとか割るとか、いくらやわらかいどら焼きでも、そんな上手にできないと思うんですよ。いや、やわらかいからこそ余計に、力を入れすぎてぐちゃっと潰《つぶ》してしまったり、とにかくもっと不細工なことになると思うんですよね」

「……あー……。えっ？　じゃあ先生、そもそもテーブルの上のどら焼きが変だってことっすか？　食べさしのどら焼き、滅茶苦茶綺麗に半分になってますよね。……あ、そっか」

森崎は、何度もどら焼きを割る手つきを繰り返し、唸った。

「うーん。そうだな。四歳の子供の小さい手だと、一気に二分割ってできそうにないっすもんね。子供が割ったんなら、少なくとも、もっとギザギザになってないと変なのか」

篤臣は頷く。

「そうそう。だから最初は、お母さんが半分に割って渡したのかと思ったんですが、そういうわけでもなさそうですよね」

その疑問には、高橋がハッキリと答える。

「はい。学校の先生だけに教育熱心な母親で。それぞれの袋にわざわざ鋏で小さな切れ込みを入れてやって、子供たちに袋を開けるところから自分でやらせるようにしていたそうです。どら焼きは、いつもなら半分ずつにするんですが、昨日は病欠中の真司君の食欲があまりなかったので、お菓子なら……と一つずつ与えることにしたのだそうで」

「……なるほど。だったら、やっぱりこの綺麗に半分になったどら焼き、俺には少し奇妙に見えます。……あ、すいません。これは俺じゃなくて、警察の人の領域ですよね」

まるで刑事のようなことを口走った自分に困惑し、篤臣は気まずげに首を振る。だが高橋は、当初の上から目線を忘れ、熱心に篤臣に訊ねた。

「いやいや。確かに、おっしゃるとおりです。我々、つい子供の目線やら手のサイズやらを考えることを忘れてしまうんで、目から鱗《うろこ》が落ちましたよ。……で、先生のご専門のほうでも、何か不自然なことが？」

篤臣は、喉から半ば飛び出したどら焼きの塊に触れないよう、注意深くピンセットで示しながら言った。

「ほら。見える限り、このどら焼きの欠片、大きすぎると思うんですよ。この子の手でちぎったならもっと小さい欠片なはずだし、両手で持って齧るにしても、やっぱり一口は小さいはずです。これって……その」

篤臣は、そこでふと口ごもってしまった。自分が今言おうとしていることの重大性を、十分過ぎるほど自覚していたからだ。

（これって……。これって）

篤臣は思わず、美卯と城北の顔を見た。だが二人とも、真剣な顔つきで篤臣を見返すだけで、沈黙を守っている。

（これが……解剖を仕切るってことの、本当の意味か。鑑定医になるって、こういうことか）

理屈ではわかっていたことでも、現実に今、自分の肩にのしかかる重圧に、篤臣は息苦しさを覚える。

今日はまだ、実際の鑑定医は篤臣ではなく、城北教授だ。それでも、その城北に仕切りを任されている以上、城北が「それは違う」と否定するまでは、篤臣の述べる所見はすなわち、城北の考えを代弁していると理解されてしまうのだ。

（俺……これまで、甘えてたな）

そう痛感して、篤臣は心の中で、城北と、特に美卯に頭を下げた。

これまで解剖のたび、篤臣は、気づいたことをなんでも素直に口に出してきた。間違いもあれば正解もあり、確かに城北や美卯が見落としていたことを指摘したこともある。

それは、法医学者として篤臣が成長するためには必要な行動だったし、城北も美卯も真摯に耳を傾け、対応してくれていた。篤臣自身、何一つ見落とすまい、わからないことはすべて理解しようと、解剖中は全神経を自分の五感に集中させ、努力してきた。

それでも、これまでの自分の発言には、本当の意味での「責任」が伴っていなかったのだと、篤臣は痛感せずにはいられない。

今、誰にも同意やアドバイスをもらうことなく、自分の考えを自分の責任で述べることの怖さを知り、篤臣は、思わず目を閉じた。

これまでの解剖所見を一つ一つ思い出し、頭の中で、何度も自分の考えが正しいかどうかを考え直す。

先入観はないか、思い込みはないか、一つの道筋に固執してはいないか。

（いや。でもやっぱり、今の考えは間違っていないと思う。この子の遺体が教えてくれるこ

とがどんなに奇妙でも、それを真っ直ぐ受け止めるのが俺の仕事だ）

いつの間にか乾いて引きつる唇を舐めて湿し、篤臣は目を開いた。喉元を一同に示しながら、再び口を開く。その声には、もう迷いはなかった。

「見てください。このどら焼きの欠片……子供が自分で頬張って飲み込むには、大きすぎます。まるで、半分にちぎったどら焼きを、そのままねじ込んだような……」

「！」

高橋と森崎だけでなく、他の刑事たちもざわついた。森崎が、どら焼きに顔を近づけ、子細に観察する。

「確かにでっかいですけど……うーん、子供のことだから、ふざけたり遊んだりしながら口に入れて、間違って飲み込んじゃうとかってことは……」

「その可能性も考えました。でも……そこまで威勢よく入るかな。しかも、こうして見る限り、どら焼きに歯形がありません」

「……ホントだ……」

森崎は啞然《あぜん》とした顔で呟く。高橋は、当初、単なる事故だと踏んでいたときのどこか呑気そうな雰囲気などとっくに吹き飛ばし、刑事独特のぎらついた目で篤臣を見た。

「つまり……先生は、このどら焼きが、尚之君がみずから口にしたものではなく、誰かが喉の奥に押し込んだもの、そうおっしゃっているわけですな？」

篤臣は数秒沈黙したあと、ハッキリとその問いを肯定した。

「はい。そう考えるのが、解剖所見から導き出せるいちばん自然な見解だと思います」

「………」

高橋は、確認を求めるように城北を見る。それまで黙っていた城北も、重々しい口調で言った。

「わたしも鑑定医として、永福先生と同じ意見だ。以前、ふざけて遊びながら菓子を食べていて、喉に詰まらせて亡くなった子供の解剖を何例か経験したことがある。だが、窒息ならもっと顔面が鬱血《うっけつ》しているだろうし、子供自身が苦しんで、頸部に指で傷を作ったり、菓子の欠片が崩れていたり、唾液《だえき》がしみていたり……そうした所見が見られたものだ」

城北は小さな遺体を見やり、小さく首を振った。

「だが、この子の身体には、喉に物を詰めて苦しんだ痕跡が……生きよう、自分を苦しめているものを体内から排除しようと闘った痕跡が見られない」

長年、司法解剖に携わった城北教授の言葉には、経験に裏打ちされた鋭さと深みがある。

「生きようと闘った痕跡……か」

美卯は呟き、深い息を吐いた。そして、篤臣に声をかける。

「永福先生、そちらをもっと詳しく調べている間に、私がその他の臓器、摘出させてもらって構わないかしら。消化器にどら焼きが入っているかどうかも調べるべきだし、何より死因を確定しなくてはね」

必要なバックアップは惜しまないと言外に教えてくれる美卯に感謝して、篤臣は頷いた。

「お願いします。何か見つかったら呼んでください。……じゃあ、こっちの所見を続けます。どら焼きを崩さないように、ますは食道を開き……」

篤臣は鋏とピンセットを手に取り、解剖を再開した。

「食道粘膜に出血なし、食道内に食物、異物の存在なし」

再び書記席に戻った城北教授が、篤臣の述べる所見を書き留める。

「喉頭《こうとう》、気管……気管支にも、食物の存在を認めず」

篤臣の声に、城北は顔を上げて念を押した。

「ほう。咽頭以下の気道内に、食物は……つまりどら焼きは、いっさい入っていないということだね？」

「……はい」

もう一度子細に観察してから、篤臣は頷く。すると城北は、しばし考えてから再び立ち上がり、篤臣に歩み寄った。城北に他人に聞こえない低い声で話しかけられ、篤臣は緊張の面持ちで耳を傾ける。

「君の判断だが、そういう手段もあると提案しておくよ」

そう言い置いて、城北は席に戻っていく。美卯は、どうしたのかと問いたげに、しかし手

は休めずに自分の仕事を続けている。

「………」

篤臣は、しばらく考えてから、高橋に話しかけた。

「あの。死因を正確に割り出すためにも、俺は本当のこと……というか、正しい経緯を知る必要があると思うんです。ですから、このまま解剖を進めることが、どうしても躊躇われます」

「正しい経緯、ですか。ふむ……」

高橋も、篤臣の言いたいことは理解しているのだろう。なんとも渋い顔で腕組みする。篤臣は頷いて言葉を継いだ。

「解剖所見を見る限り、尚之君が窒息死したとは極めて考えにくい状況です。ですが、子供の口には大きすぎるどら焼きの欠片が、確かに彼の咽頭に存在する。……それはつまり、第三者が彼の口にどら焼きを入れたということです」

「……確かに」

「しかも、咽頭にこれほど大きな異物を挿入されたのに、それに対する生活反応、そして抵抗の痕がまったく見られません。さらにつけ加えるなら、このどら焼きは、彼の死後、無理矢理喉の奥まで押し込まれた……そう考えるのが自然です」

「！」

森崎は、取り出した手帳に必死でペンを走らせる。篤臣の述べた所見をメモしているのだろう。高橋は、何度か無言で頷いてから、扉のほうに顎をしゃくった。

「実はもう、遺族が……母親と、弟が控え室に来て、待っとります。確かに、一度解剖を止めていただいて、まずは先生のおっしゃることを踏まえて、二人に……特に母親に、任意でもう一度話を訊いたほうがよさそうですな」

「……と、思います」

頷いた篤臣に、高橋はふと思いついたようにこう言った。

「軽く控え室で話を振ってみるとして、特にこういうところに注意して訊けとか、そういうことはありますか?」

篤臣は、またしばらく考えてから、こう言った。

「あの。少し気になっていることがあるんです。双子のお母さんに会う……っていうか、近くで見ることはできますか? 話はできなくていいんですが」

「先生が着替えて、何気なく僕らに交じって控え室に入るってことなら、可能ですが。そのくらいのことでいいんですか?」

「はい。解剖が終わらないうちに、直接家族の方と言葉を交わすのは、俺の仕事じゃないと思うので。見るだけで。……その後、もしかしたら解剖をきちんと行う上で、特に知りたいことが出てくるかもしれません。あの、いいですか、城北先生」

「うむ。その場でご遺族に接触しないという約束を守れるなら、許可しよう」

「ありがとうございます。……じゃあ、しばらく中断です。ええと……」

「解剖室のお留守番は、私に任せて。城北先生にはしばらくお休みいただくから、永福君は、思ったとおりに頑張ってらっしゃい」

「……はいっ」

頼もしい美卯の言葉と笑顔に、篤臣は緊張を残しつつも、ほんのわずか口元を緩め、一礼して解剖室を出た。


いったん私服に着替えた篤臣は、高橋、森崎と共に控え室に向かった。

普段は死体検案書を遺族に交付し、必要ならば許される範囲内での説明を行うために入る部屋だが、今ばかりは目的が違う。

廊下を歩いているときから、篤臣の心臓はずっとバクバクしたままだった。

「では、先生は我々の後ろで」

高橋に念を押され、篤臣は頷く。森崎が先頭に立ち、控え室の扉をノックして開けた。篤臣の鼓動は、心臓が口から飛び出しそうに速くなる。

「失礼します」

森崎がよく通る声を上げて控え室に入り、扉を押さえておいてくれる。大柄な高橋の陰に半ば隠れるようにして、篤臣もさりげなく室内に入り、一礼した。

「あの……！　解剖、終わったんですかっ」

殺風景な室内で、パイプ椅子にかけて待っていた母親は、一同を見ると弾かれたように立ち上がった。隣の椅子には、さっき解剖室で見た子供とそっくりな顔の、双子の弟が両脚をブラブラさせて座っている。おそらくは、兄の死をまだ理解できずにいるのだろう、両手に玩具《おもちゃ》を持って、どこか退屈そうに篤臣たちの顔を見上げている。

「ああいいえ、とにかくまず、お座りください」

高橋はそう言って、自分がスチール机を挟んで母親と向かい合う椅子を引き寄せ、腰を下ろした。

「………？」

母親も、訝しそうながら素直に従う。

「あの……何か」

しっかりした、しかしどこか神経質そうな母親の顔を見て、篤臣は微かに眉を寄せた。

(俺の先入観のせいかな。なんだか、落ち着きがないような気がする)

子供を亡くしたばかりの母親として、憔悴《しょうすい》して見えるのは当然のことだ。だが、それ以上に、母親の視線が妙に定まらないのが、篤臣には気になったのだ。

その疑念は、次の瞬間、明らかになった。高橋が、「実は、まだ解剖中なんですが、お母さんにお訊ねしなくてはいけないことが出てきましてね。……その、主に尚之君が倒れているのを発見してから、救急に通報するまでのことなんですが」と穏やかな風を装って切り出した途端、母親の顔色がサッと変わったのだ。

ただでさえ青ざめていた顔が紙のように白くなり、険しく強張った。そして彼女は、両手を机に置き、高橋のほうに身を乗り出した。

「い……いったい、なんですか。もう、事情はお話ししたと思いますけどっ」

その声の震えや表情から、篤臣は彼女が何かを隠していると感じた。素人《しろうと》の篤臣ですらそう思ったのだから、刑事の二人が母親の不自然な反応を見逃すはずがない。

「ええ、お話は伺ったんですが、もしや何かお忘れのことがあるんじゃないかと思いましてねえ。それなら、今のうちに思い出して、お話しいただきたいと」

高橋の語り口はあくまでもソフトだが、その声には厳しさが格段に増している。

「忘れたことなんて！」

母親は、机の上で両の拳《こぶし》を握りしめる。

そのとき、篤臣は確かめたかったもの……探していた反面、本当は見たくなかったものを見てしまった。

篤臣の頭の中に、とある光景がありありと浮かぶ。目を閉じてそれを噛みしめてから、篤臣は小さく嘆息し、前に立つ森崎に声をかけた。

「………森崎さん。すみません、ちょっと」

そして、連れ立って廊下に出た篤臣は、沈痛な面持ち、しかし冷静な小声で、森崎に何かを告げた。

「！」

篤臣の囁きにハッと目を見開いた森崎は、小さく相槌を打ちながら、例の手帳に熱心にメモを取る。

「わかりました。必ず正確に高橋に伝えます。……ただ先生、そういうことだと、いったん署に戻るべきかもしれませんし、やっぱり解剖中断、ちょっと長くなるんじゃないかと」

篤臣が話を終えると、森崎はハキハキとそう言った。その若々しい顔には、興奮の色が漲《みなぎ》っている。単なる事故だと思っていた事例が、どうやらもっと複雑な事情を秘めているらしい。その事実が、若い刑事を昂ぶらせているのだろう。

一方の篤臣は、どこか沈んだ表情で頷いた。

「わかりました。そちらからの報告を待つ間、ご遺体は傷まないよう、低温室できちんと管理します」

「お願いします。じゃ、何かありましたらすぐにお知らせしますんで！」

森崎はそれだけ言い終える間も惜しむように、勢いよく控え室に戻っていく。

その背中を見送り、一人になった篤臣は、肺が空っぽになるほど深い溜《た》め息をついた。

「なんだかな……。ホントは、あんなふうに張り切ってもいいはずなのに、な。俺も」

呟いた声は、張りきるどころか、沈みきっている。だが、何かを振りきるように顔を上げた篤臣は、城北と美卯に現状を知らせるべく、重い足取りで解剖室へと戻っていった……。

三章　本当の強さ

その夜。珍しく二日続けて帰宅した江南は、玄関の扉を開けてギョッとした。

「帰っ……おりよ？」

いつもなら皓々《こうこう》と輝いて江南を迎えてくれるはずの玄関の灯《あか》りが、今夜に限って点《つ》いていなかったのだ。

久しぶりの真っ暗な玄関に面食らい、江南は思わずその場に立ち尽くした。

（篤臣、まだ帰ってへんのか？）

手探りで、腕時計の文字盤の横にある小さなボタンを押し、文字盤を光らせてチェックしてみると、時刻は午後八時十五分。

江南が家に帰れるのはたいていこのくらいの時刻だし、篤臣はいつももっと早く帰っているはずだ。

だが、キッチンから夕飯の匂いも漂ってはこないし、物音一つ聞こえてこない。ただ、リビングルームにだけは、灯りが点いているようだ。閉じた扉の下から、わずかに光が漏れている。

（おるんやったら、出てこおへんにしても、返事はするやろし。いったん帰ってきて、また出かけたんか？　せやけど、俺になんの連絡もあれへんかったよな……？　篤臣は、黙って家を空けるような奴違うし）

照明スイッチの場所は熟知しているのだからとっとと灯りを点ければいいものを、少なからず動転している江南は、またしても手探りで、上着の胸ポケットから携帯電話を引っ張り出した。

開いた液晶画面に、やはり着信表示はない。不吉な予感に、江南の胸がざわめいた。

「まさか……篤臣、なんぞあったん違うやろな」

もしかすると、いったん帰宅したものの、職場に忘れ物を取りに戻ったか、それとも買い物にでも出かけたのかもしれない。

その行き帰りで、事故に遭ったか、もしくはアクシデントに巻き込まれたのだろうか。あるいは……家の中のどこかで、篤臣が倒れている可能性も捨てきれない。

「！」

そんな悪い想像の数々が頭をよぎると、もう、いてもたってもいられなくなる。

「くそ、前といい今回といい、なんで俺に連絡せえへんのや。心配するやろが」

江南は無造作に靴を脱ぎ捨てると、玄関の灯りを点けた。まずは篤臣がいるのかいないのかを確かめるべく、家じゅうを見て回ることにする。

だが、彼の探索は、あっという間に終わりを告げた。

「……なんや」

リビングルームの扉を開けたところで、江南は思わず呟きと同時に安堵の息を漏らした。ソファーの上に、篤臣の姿があったのだ。

おそらく、仕事から帰るなり、そこに倒れ込んだのだろう。篤臣は、薄手のコートすら脱がず、変死体のようなポーズでソファーに横たわっていた。床の上には、愛用のショルダーバッグが置きっ放しになっている。

「………？」

ひとまずは篤臣が自宅にいたことに胸を撫で下ろした江南だが、今度は篤臣のただならぬ状態が気にかかる。彼は猫のように足音を忍ばせ、ソファーに近づいた。床の上に片膝をついて、篤臣の口元に手のひらをかざす。

「うん、ちゃんと息はしとる。まずは一安心やな」

そんな呟きを漏らしながら、江南は篤臣の寝顔に見入った。

一緒に眠るとき、先に寝入るのはたいてい江南のほうだが、起きるのもまた江南のほうが早いことが多い。そんなとき、夜明けの薄明かりの中で見る篤臣の寝顔には、まるで子供のような幼さと安らかさがある。

だが今、ソファーで絶え入るように眠る篤臣の顔は、どこか苦しげに見えた。実際、眉間には浅い縦皺が刻まれている。

(なんや悪い夢でも見とるんやろか。けど、うなされてるわけやあれへんし……。またどっか、具合悪うしとるんやないやろな)

起こしてはいけないと思いつつも、江南はそっと篤臣の額に手のひらを当ててみた。熱はないか、あっても微熱程度だろう。汗を掻いている様子はないし、呼吸も正常だ。

春に虫垂炎を患った篤臣だけに、江南も最初は体調悪化を疑って心配したが、どうも篤臣は、酷《ひど》く疲れているだけらしい。江南が近づいても、触れても、目覚める様子はまったくない。

「……よっぽどきつい解剖やったんやろかな。こいつ、俺と違って細っこいし、見るからにスタミナあれへんもんなあ」

呟きながら、江南は立ち上がった。寝室から薄手の毛布を持ってきて、篤臣の身体にかけてやる。本当はベッドで眠るほうが身体が休まるに決まっているが、起こすのが可哀想《かわいそう》なほど、篤臣の眠りは深かったのだ。

コートを着たままだし、まだ暖房をつけるほど寒くはないので、ソファーに寝かせておいても風邪《かぜ》をひくことはないだろう。そう判断して、江南は、篤臣を自然に目覚めるまでそのまま寝かせておくことにした。

「他にもなんぞきついことがあったんかもしれへんな。……まあ、起きたらゆっくり話聞いたるし、今は寝たいだけ寝とけ。喋るにも、最低限の体力が必要やからな」

身を屈めて愛おしげに篤臣の頰を撫でると、江南は踵《きびす》を返し、再び玄関へと向かった。


そんなわけで、篤臣が目を覚ましたのは、それから二時間ほど経《た》ってからだった。

「……ん？　あれ？　俺、なんで……」

真上にある灯りが眩《まぶ》しくて、片手で目元を庇《かば》う。自分がどこにいるのか咄嗟《とっさ》に理解できず、緊張に鼓動が速くなった。

「なんだ、自分ちじゃねえか……」

忙《せわ》しく周囲を見回した篤臣は、見慣れたリビングの光景に、思わず安堵の息を吐いた。

「だよな。ちゃんと帰り着きはしたんだよな……どうにか」

重い頭を片手で支えながら、篤臣はゆっくりと身を起こした。

正直、すでに帰りの電車の中で、首が据わらないくらい眠かった。縺《もつ》れる足を必死で前に運び、やっとの思いで家までたどり着いたところまでは覚えているが、そこから先の記憶がない。たぶん、まずは座ろうとソファーに腰を下ろした瞬間、気力の糸が切れて、まさに昏《こん》倒《とう》同然に眠り込んでしまったのだろう。

「上着も脱いでねえ……って、あれ？」

そこでようやく、自分の身体に毛布がかけられていることに気づいた篤臣は、ギョッとした。

「そうだ、江南……！　今日も帰ってこられるって聞いてたのに」

腕時計を見ると、もう午後十一時を過ぎていた。いくらなんでも、江南はもう帰宅しているはずだ。

「どうしよう。俺、あいつが帰ってきたのにも気づかずに爆睡してたのか。……いつもみたく腹減らしてただろうに、俺、飯の支度も何もしてない」

あまりにも疲れすぎていて、帰りに夕食の材料を買って帰ることすら思いつかなかった。おそらく、あり合わせで一食くらいはどうにかなるだろうが、それにしても時刻が遅すぎる。空《す》きっ腹を抱えて帰宅したはずの江南は、いったいどうしているだろうか。

とにかくおかえりの挨拶をして謝ろうと、篤臣は慌ただしく立ち上がった。そのときリビングルームの扉が開いて、スウェット姿の江南が入ってきた。頭にバスタオルをかけたままの、いつもの風呂上がり姿だ。

「お、やっとこさお目覚めか。まだ寝とったら、さすがに王子様のチューで起こしたろかと思っとったのに。……ただいま」

突っ立っている篤臣を見た江南は、ニカッと笑うと近づいてきて、どこか途方に暮れた様子で立ち尽くす篤臣の寝乱れた髪を、片手で梳くように撫でた。篤臣は、すまなそうに江南を見る。

「おかえり。……っていうか、ゴメン。俺、なんか凄い勢いで寝てたみたいだ」

「おう。何ごとやってビビッたけど、よっぽどくたびれとるんやろと思て、そのままほっといたんや。まだ十分やないにしても、グッスリ寝て、ちょっとはすっきりしたか？」

篤臣は恥ずかしそうに頷く。

「……うん。なんかもうヘロヘロだったから。寝て、ちょっとは復活したっぽい」

「そらよかった」

「けどお前、晩飯は？　何か食ったか？」

「いや」

「やっぱし。じゃあ、滅茶苦茶腹減っただろ？　今すぐ、何か作っ……」

「ああ、心配せんでええ。飯は用意した」

江南はそう言って得意げに胸を張る。篤臣は目を剝いた。

「お前が？　作ったのか？」

「まさか。俺は自分の作ったもん食って死ぬ趣味はあれへんねん。お前が寝とる間に、適当に買ってきた」

「あ……そ、そっか」

「店屋物にしようかと思たけど、配達してきた店の人の声で、お前が起きたらアカンしな。……ああ、そうや。今、風呂溜《た》めて入ったとこやけど、お前も先に風呂にするか？　せやったら、待っとくで」

「いや、あとでいい。晩飯、待っててくれたのか……。ゴメン、お前、疲れて帰ってきてるのに、わざわざ外に買いに行かせて、風呂の支度までさせちゃってさ」

しょげる篤臣の頭をくしゃくしゃと撫で、江南はまだ少し血色の優れない篤臣の顔を心配そうに覗き込んだ。

「アホか。今日は、お前のほうがよっぽど疲れとったんやろ。別に、家事はお前だけの仕事やない。俺にはお前ほどのスキルはあれへんけど、お前が参っとるときくらい、ちょっとはやらしたってくれや。……せやけど、大丈夫か？　顔が青いで」

「平気だよ。たいしたことじゃ」

「ホンマか？」

江南の眼差しは優しいが、その瞳の奥には、やはり嘘やごまかしを許さない強い光がある。篤臣は「大丈夫だってば」と笑おうとして失敗し、そのまま江南に一歩近づいた。互いの胸が触れそうな至近距離で、江南の肩にことんと額を落とす。

江南の体温がじんわりと伝わり、篤臣の心になんとも言えない安心感が広がっていく。素直な気持ちが、唇から自然にこぼれた。

「嘘だ。……あんま、大丈夫じゃない」

江南はフッと笑って、そんな篤臣を緩く抱いた。宥《なだ》めるようにうなじのあたりをぽんぽんと叩き、穏やかな声で問いかけた。

「どないした？」

「うん……」

篤臣はもそりと返事をしたものの、しばらく何も言わず、ただ軽く江南に体重を預けて動かずにいる。江南もまた、篤臣の背中をゆっくりと撫でながら待った。

やがて、自分の気持ちを表現するための正しい言葉が見つかったのか、篤臣はボソリと言った。

「上手く言えないけど、自己嫌悪、かも」

「あ？　そらまた、えらい後ろ向きな言葉やな」

茶化すでもなく、江南はほどよくおどけてみせる。篤臣は吐く息だけで小さく笑うと、

「そうなんだ」と呟いた。

「仕事の話か？」

「……うん」

「それは、今すぐ手ぇ打たんと、命を取られるような話か？」

「まさか……さすがに違うよ」

「よっしゃ」

江南は明るい声でそう言うと、軽く気合いを入れるように、篤臣の背中をポンと叩いた。

「ほな、まずは晩飯食おうや。そのあとで、お前も風呂入ってサッパリして。それから、とことん話を聞いたる」

「うーん……。こんなに待っててもらってて悪いけど、俺、あんま食欲ない」

篤臣は力なくかぶりを振ったが、江南は語調を強めて言った。

「アホ。そういうときほど、ホンマは食わなアカンときなんや。生き物は、食えんようになったら終わりやで。なんやったら、俺が食わしたる。な？」

「……でも」

「でも、やない。気合いで食え」

「……うう」

そう言われたからといって食欲が湧《わ》くわけではないが、江南に宥めるようにコートを脱がされ、背中を抱かれて、篤臣は従順にダイニングへ行った。

「何にしようかって色々考えてんけどな、ピザとかよりはええかと思て」

テーブルのど真ん中に、持ち帰りの握り寿司《ずし》の容器が鎮座していた。おそらく、ゆうに三人前はあるだろう。

「お前……これ、いくらなんでも買いすぎだよ」

「はは、腹減っとるとつい、な。せやけど、前にお前が残った握り寿司、蒸して、ガリの細切り添えて出してくれたやろ。あれが妙に旨かったから、余ったらまた作ってもらおうと思てな。あ、せや。吸い物がついとるねん。今温めて……」

「ああ、それは俺がやる。先に食ってろよ」

「そうか？　悪いな」

篤臣が、他人に台所を弄られるのをあまり好まないことを知っている江南は、素直に引き下がる。プラスチックの蓋《ふた》を上にびっしり並べた保冷剤ごと外し、それから冷蔵庫を開けて、缶ビールを取り出した。

ほどなく、篤臣が温め直した吸い物を運んできて、二人はいつものように向かい合って食卓についた。

「好きなネタだけ、具合悪うならん程度に摘んだらええ。人間、腹ぺこ状態で考え事すると、無駄にネガティブなほうへどんどん行ってしまうんや。俺、それを骨身に染《し》みて知っとるからな」

「あ……」

江南はそう言って、顔の右半分だけで笑った。

篤臣は、そんな江南の笑顔にハッとした。

かつて、学会場だった箱根《はこね》のホテルでお互い泥酔し、そのせいで江南が、当時はまだ友人だった篤臣を強姦《ごうかん》まがいに抱いてしまうという事件があった。その後、篤臣は江南のすべてを拒み、二人はしばらく絶縁状態にあった。

その上、ずっと好きだった篤臣を最悪の方法で傷つけてしまったという深い苦悩の中で、江南は手術中に過失で手を傷つけ、感染の危機という二重の衝撃に見舞われた。

事情を知った篤臣が駆けつけたとき、自宅療養を命じられていた江南は、自暴自棄になって酷い状態だった。ろくに食べず、眠らず、ただひたすらに強い酒を呷《あお》り……。

あのとき、篤臣が江南を赦《ゆる》し、彼の想《おも》いを受け入れなければ、江南は自分で自分を死に追いやっていたかもしれない。

そのときの自分を、今でも江南は医師として、人間として、深く恥じている。だからこそ、憔悴した今の篤臣に同じ轍《てつ》を踏ませまいと、警戒し、心配してもいるのだろう。

そんな江南の気遣いがわかるだけに、やはり食べる気がしない……と駄々を捏《こ》ねる気にはなれない。篤臣は両手を合わせて「いただきます」と言い、いちばん好きなネタである卵焼きを皿に取り、気合いを入れて口に押し込んだ。

江南はビールを飲みながら、そんな篤臣をじっと見守っている。

「旨いか？」

シンプルに問われて、篤臣はモグモグと口を動かしながら頷いた。

「……うん。正直、ここに座っても、無理、絶対食えないって思ってたんだけど。でも……不思議だな。なんだか旨いや」

「さよか。そらよかったな」

安心したように、江南は自分も手近にあったハマチの握りを頬張り、ほろ苦く笑った。

「食うたら旨いねん。けど、口に入れるまでがな。目と手がやる気出えへんときは、どうにもアカンやろ。飯食うんて、けっこうガッツ要るんやなって、前にボコボコに凹《へこ》んでたときに思たんや。せやし、お前もそうなんやろって」

「……それで、食べさせてやろうかって言ってくれたんだ？」

「おう。口に放り込みさえしたら、食えるはずやからな。……ほれ、どんどん食えや。次、何いく？」

「急《せ》かすなよ。食欲モリモリってわけじゃないんだからさ。……あ、でも、中トロは三個あるの、全部俺食えそう」

篤臣の言葉に、江南はうっと言葉に詰まる。

「み、三つともか？　いや、その……いや、うん、食えるもんを食えるだけ食うたほうがええ。俺はまた今度で……」

「ばーか、嘘だよ。お前じゃあるまいし、中トロ三つも食ったら、胸焼けで死ねそうだ。俺は一つでいいから、お前二つ食え」

わかりやすすぎる江南の遠慮に、篤臣はクスリと笑う。

「なんや、心配しとんのに、俺をおちょくる元気はあるんかい。……ちゅうか、やっと笑ったな。よかった。やっぱ、無理矢理でも食卓につかせて正解やった」

「江南……」

「マジでなんでも食え。他に食いたいもんがあるんやったら、すぐに買《こ》うてきたる。旨いもん食うて、軽く飲んで、身体にエネルギーチャージして、リラックスせえ。そんでから、抱えてるもん、俺に吐き出せ。それはそれで、体力が必要な作業やからな」

「……うん」

「言葉に出したら、心ん中でぐちゃぐちゃに縺れてる考えも、自然とほどけてくるもんや。俺には遠慮せんと、好きなだけ時間かけて喋り倒したらええ」

「うん。なんか……ありがとな」

しみじみと感謝の言葉を口にする篤臣に、江南は少し困り顔で笑い返した。

「アホ。俺が凹むたび、お前がこれまでさんざっぱらフォローしてきてくれたんやないか。……俺が今しとるんは、遅ればせながらのお返しや。……ほい、ビール」

江南が注いでくれたビールに口をつけ、篤臣ははにかんだ笑みを浮かべた。

「ん……でもやっぱ、一人だったら俺、まだ膝を抱えて鬱々《うつうつ》としてたと思う。お前がいてくれること、ホントに嬉しいんだ。……だから、ありがとう」

「……おう。なんや、そない言われたら照れるやないか。……ほれ、飲め。食え！」

「わかったよ」

あくまでも明るく、闇雲《やみくも》に励ますでもなく、ただ寄り添って支えてくれる江南に深く感謝しつつ、篤臣はカッパ巻きを口に放り込んだ……。


風呂から上がった篤臣が寝室に行くと、江南はもうベッドに入っていた。メインの照明は落とし、ベッドサイドの読書灯だけが点けてある。

枕を立て、マンガ週刊誌を読んでいた江南は、篤臣の姿を見ると雑誌を閉じ、サイドテーブルに置いた。そして、掛け布団を軽く持ち上げてみせる。

「話をする準備、できたか？」

篤臣は、こっくり頷いた。きっちりネル生地のパジャマを着込んでいるせいか、あるいは前髪をいつもより厚めに下ろしているせいか、昼間見る姿より、どこか若く……というより、むしろ幼く見える。

「……うん。できた。正直、目が覚めてリビングでお前の顔見るまで、頭の中が『ザ・ネガティブ』って感じだったんだけど……。でも、飯食って、風呂にゆっくり浸《つ》かってるうちに、ちょっと気持ちが落ち着いてきたかも」

「そらよかったな。……ほな、来いや」

「ん……」

促されて、篤臣は江南の体温でほどよく温まったベッドに潜り込んだ。そして、江南と同じように枕を立て、ベッドヘッドに背中をもたせかけて座る。

面倒くさがってパジャマを着たがらない江南は、いつもスウェットのままで床につく。彼は両手の指を布団の上で緩く組み、ただ無言で篤臣の心の準備ができるのを待った。

やがて篤臣は、小さな溜め息をついてこう言った。

「さっきもちらっと言ったけど、悩んでるの、仕事の……司法解剖のことなんだ。だから、やっぱ刑事事件だし、いくらお前でも詳しくは話せない」

「かめへん。話せることだけ、話したいことだけ、思うまんまぶちまけたらええねん。好きに喋れや」

江南は無造作に言い、横目で篤臣を見て薄く笑う。

向かい合うとどうしても気づまりになりがちなので、目を合わせなくてもいい横並びで話すことにしてくれたのだ……と気づき、篤臣は江南の気遣いに感謝しつつ頷いた。

「サンキュ。……じゃあさ、お前、昔、言ってたよな。早いとこ技術を身につけて、ガンガン金を貯《た》めるために消化器外科に入るんだって」

篤臣がいきなりはるか昔の話を口にしたので、江南は面食らって数秒絶句した。戸惑いながらも、広い肩を竦めて篤臣の言葉を肯定する。

「そらまた、ずいぶんと遡《さかのぼ》ったもんやな。けど、確かにそう言うた。あの頃の俺は、十分な金が貯まったら、医者なんぞとっとと辞めて、世界中旅して回りたい……とか、気障な夢を抱いとったからな。医者の仕事も、その程度のことに思うとった」

「別に、世界旅行は気障じゃないだろ？」

「気障ちゅうか、結局んとこは、いろんなもんから逃げたかっただけなんや。そんな情けない本性を、視野を世界に広げて……とか、しょーもない言い訳で飾ってごまかしとっただけやねん」

「いろんなもの？」

「ことあるごとに衝突して、どないもこないも上手いことといけへん両親とのこととか、継ぐ気はあれへんけど、やっぱし気になる実家のちゃんこ屋のこととか、店を継いでくれるて言うてくれるシゲさんへの負い目や……あと、お前への気持ちも持て余しとったからな。どないも隠しきれんようになる前に、お前からできるだけ遠くへ離れてしまおうと思とった」

「江南……」

「過ぎた話や。どれもこれも、今にしてみたらホンマにしょーもない」

江南は照れくさそうに笑うと、困り顔の篤臣に言った。

「それはそうと、なんでお前の司法解剖にまつわる悩みが、俺が消外に入ったときの話に繫がっとるんや？」

「ん……」

それには答えず、篤臣は江南についての話を続けた。

「でも今のお前は、あの頃とはまるで別人だ。患者さんのことを第一に考えて、金を貯めるどころか給料分の倍以上も働いて、ホントにいい外科医になるために腕を磨いて……」

「おいおい。自分の悩みを語る前に、いきなり俺をそないに持ち上げてどないすんねん」

「持ち上げてなんかない。事実だろ。……お前さ。どうやって、そんなふうに変われたんだ？　ほらお前、外科に入るなりマジで忙しくなって、俺たちあんま会えなかったろ、アメリカに留学するまで」

「……そうやったな」

「だから、お前の心境の変化を間近に見ることが、俺にはできなかった。気がついたら、お前にはなんていうの……外科医として生きていくプロの心構えみたいなのが、とっくにできあがっててさ。俺、すげえなって思ったんだ。あんま口に出して褒めたことないかもだけど、俺、お前の仕事に対する態度、いつもすげえなって思ってる」

「なんや、ホンマに。そない褒めてもなんも出ぇへんぞ。俺は外科医として『先生』て呼ばれてるし、給料ももろとる。プロやねんから、心構えはできとって当然やろ」

篤臣は少し気まずげに眉尻を下げた。

「そりゃそうなんだけど……。なあ。そういう心構えって、どうやってできた？　何がお前の考え、そんなふうに変えたんだ？」

「そない昔のこと、訊かれてもなあ……」

「悪い。でも、今、聞きたいんだ」

「それが、今のお前の助けになるのんか？」

「かもしんねえ……と、思う」

篤臣は素直に頷く。江南は、両手を頭の後ろに置き、「うーん」と天井を見上げた。

「せやったら、ちゃんと答えんとな。……恥ずかしいねんけど」

江南はそこで言葉を切って、横目で篤臣を見て笑った。篤臣は、真摯な面持ちで江南の端整な横顔を見返す。

「医局に入ったときは研修医やったやろ。右も左もわからん、卵の殻からクチバシ出したばっかのヒヨッコや。ろくに仕事なんぞできへんけど、消外は人が足らんから、そんな奴でも枯れ木もなんとかでな。山ほど用事を言いつけられるねん。オーベンがいるいうても、患者も持たされるし。素人に三本毛が生えただけの状態で、いきなり主治医様や」

「……うん。大変そうだったのは、気配でわかった。お前、医局に入るなり、顔つき変わったもんな。初めて余裕のないお前を見たっていうか……」

「余裕なんか、入局初日に吹っ飛ばされたきり、いまだに帰ってけえへんわ。イスカンダルあたりまで行ってしもたん違うか」

江南はカラリと笑い、懐かしそうに目を細めた。

「そういう場所やってわかった上で入局したていうても、聞くと見るでは大違いや。毎日、誰かが腹開けられて、毎日、誰かが死んでいく。俺が目の前の小さな仕事に四苦八苦しとる間に、目の前でどんどん命が消えていくねん」

「………」

ぽつりぽつりと穏やかに語る江南の伏せた目には、遠い日に感じた痛みが滲《にじ》んでいる。篤臣は相槌を打つことも忘れ、そんな江南の話に聞き入った。

「そんな戦場みたいな世界で、小田先生をはじめ、俺の先輩らはみんな、闘い続けとった。飯も食わんとオペに入って、オペから上がっても、息つく暇もなく病棟へ行って、オペ後の患者のケアして……」

「今のお前がやってるみたいに、な」

「せやな。俺もどうにか、ぼちぼちやれるようになってきたな」

江南はチラと笑って頷く。

「嵐《あらし》に巻き込まれた小舟みたいなもんや。大波に揺られながら、どうにか沈没せんように踏ん張っとる間に、だんだんわかってきた。自分がやるべきことも、気構えも。動機はどうあれ、俺は、命を救うために闘う職場に来てしもたんや。そのために、ちょっとでも早う役に立てるよう、必死のパッチで頑張らなあかん……。いつの間にか、そう思うようになっとった。自然にな」

「そっか……。自然に、か」

「もちろん、今でも葛藤《かっとう》はあるし、しょっちゅう悩みもすんねんで。前にお前に愚痴っても うたみたいに、闘い疲れて、ボロボロになって死んでいく患者を目の前にしたら、自分の仕 事に疑問を持つこともある。……けど、やっぱし俺は、人間は生きてナンボやと思う」

「……うん」

「せやから頑張るし、患者が頑張っとったら全力で支えたいし、そのためにもっともっと、 腕を磨きたい。そう思うとる。……どんくさい生き方かもしれんけどな。お前にも負担かけ てしもてるし」

ふっと笑う江南に、篤臣はゆっくりとかぶりを振った。

「そんなことない。負担だなんて思ってないし、俺も、今のお前のそういう生き方、いいと 思う。身体だけは心配だけどな」

そう言って淡く微笑した篤臣は、また小さく嘆息してこう言った。

「じゃあ、お前がそんなふうに変わったのって、周囲の人たちの姿から学んだから……と、 あと、経験？」

「せやな。先輩たちと、患者の姿が、俺の甘えた性根を叩き直してくれた。毎日人の生き死 にを見とったら、嫌でも根性が据わってくるもんや。それに……お前がおったから」

「俺？」

不思議そうな篤臣の肩を緩く抱き、江南は篤臣のまだ少し湿った髪をかき回すように撫でた。

「挫《くじ》けそうになったときは、お前が傍におって、擦り切れかけた俺の心を修繕してくれたやろ。……ホンマ、俺が今こうして、一応まっとうな道を歩けてるんは、周りにええ人ばっかしおったからやな。つくづく思う」

「お前のご両親も含めてな」

さりげなくつけ足す篤臣の顔を愛おしげに見やり、江南は問いかけた。

「ほんで？　それがお前の悩みに、どうかかわってくるんや？」

「んー」

篤臣は、言葉を探しながら口を開いた。

「俺さ。法医学の道で生きてくって、医大を出る前から決めてた。その気持ちは、ずっと変わってないんだ」

「……ふん。お前は最初から言うてたもんな。なんやったっけ……せや、最先端医療より、死者のために闘う医学を選びたいとか、そういうニュアンスのことを」

「うわ、覚えてんなよ、そんな台詞。ああ、なんかすげえ恥ずかしい」

過去の自分の発言を鼻先に突きつけられ、本当に恥ずかしかったのだろう。篤臣はボウッと顔を赤らめ、しかし真面目な口調で言葉を継いだ。

「法医学教室に入って、お前が小田先生の仕事っぷりに感動したみたいに、俺だって城北先生や美卯さんの、法医学者としての生き方を見て……やっぱ、俺の選択は間違ってなかったと思った。俺、この道で生きていこうって、あらためてそう思った。だからこそ、お前とアメリカへ行くとき、いっぺん辞めたのにまた戻ったんだ」

「……ふん」

今度は江南が、落ち着いて話す篤臣の横顔を見つめる番だ。食事前の焦燥しきった雰囲気はいくぶん薄れ、今の篤臣は、いたずらに落ち込むのではなく、自分の心の中の迷いに真っ直ぐ向かい合おうとしているように見えた。

「俺もさ、数は少ないけどいい先輩に恵まれて、ご遺体に色々教わって、お前と同じように成長してきた……と思ってた」

「違うんか?」

「あ、いや。先輩に恵まれたことも、解剖を通じていろんなことを学んだのも確かだよ。お前が外科医としての腕を磨いてきたように、俺だって、解剖のノウハウはずいぶん身につけたと思う。……だけどさ」

「お、いよいよ本題突入か?」

「茶化すなよ。……そうなんだけど」

おそらくは、どこまで江南に話しても大丈夫か、頭の中で慎重に検討しているのだろう。篤臣は、普段の歯切れのいい口調とは違う、どこかもたついた喋り方で言った。

「昨日、城北先生に、鑑定医にするって言われたこと、話したろ？」

「おう。……なんや、もしかして、それでもう早速ビビッとんのか？」

「違うよ！　……あ、いや、違わない、のかな」

「あ？　いったい今日、何があってん？」

さすがに訝しげに先を促す江南に、篤臣は思い切ったように告白した。

「あのさ。今朝から、美卯さんの言葉を借りれば『気分だけ鑑定医』っていうか、つまり鑑定医になる前のトレーニングとして、一件丸ごと司法解剖を仕切れって言ってもらったんだ」

「おう。そら大事な修業やな」

「うん。凄くありがたいと思った。これまでだって、何度も外表所見を任されたり、解剖の一部を任されたりしたことがあったから、落ち着いてやればできる。そう信じて、解剖室へ行った。……でも、滅茶苦茶ビビッちゃってさ。当たり前なんだけど、鑑定医になるってのは、すべての所見に対して自分が全責任を負うことなんだな……って、その事実がズシーンと来たんだ。ここに」

篤臣は、江南の手の上から、自分の肩にそっと触れた。江南は、黙ったまま瞬《まばた》きで頷く。

「今日の解剖は、実際は城北先生が鑑定医なんだけど、それでも俺に仕切れって言ったからには、城北先生も美卯さんも、俺が何か言うまで絶対口開かなくてさ。警察の連中も、若造がどんだけやれっかな、みたいな意地悪な目で見てて……」

「ごっつアウェーやったわけや？」

江南のちょっとおかしそうな口調に、篤臣も唇の端でチラと笑って頷いた。

「そうそう。俺、これまで甘かったなって思い知った。これまでだって、一生懸命やってきた。それは嘘じゃねえ。お前に負けないように、俺もベストを尽くしてきたつもりだ」

「わかっとる」

「でもそれって、教授と美卯さんに守られた立場での一生懸命だったんだなって。まだまだ自分の足で立つ覚悟も度胸も、自分にはなかったんだってわかっちまった。情けなく萎縮《いしゅく》してる自分に、凄く腹が立ったよ。これまでお前は何してきたんだよって」

「……相変わらず、お前は生真面目やなあ」

江南はきつい目を細め、篤臣の、いつの間にか力の入っていた肩をぽんぽんと叩いた。

「そんなん、俺かて同じじゃや」

「……お前も？」

「せや。俺かてオペ中に、江南先生ここやってみ、って言われて、切らしてもらうことがある。バキバキに緊張しながら、必死でやるけど……それでも、心のどっかで、俺が何かやらかしてしもても、上の先生がなんとかしてくれるっちゅう安心感がある」

それを聞いて、篤臣はむしろ驚いたように目を見張った。

「お前でも？　お前みたいな自信満々の奴でも、そうなのか？」

「アホ。自信満々に見えるだけやって、お前は知っとるやろ。実はけっこうガラスの心臓やで。……けど、それでええん違うか？」

「いいの……かな？」

「と、俺は思う。きっとみんな、同じ道を辿《たど》ってきとるんや。……その道に入って、色々教えてもろて、のびのびやらしてもろて、なんやいっちょまえにできるように勘違いしてしもて。……で、いざ自分の足で立てって言われたとき、いっぺんこっぴどく自信やら過信やらをへし折られることになるんやろ」

まさに自分のことを言われていると感じて、篤臣は痛そうな顔をする。だが江南は、むしろ彼自身に言い聞かせるように話し続けた。

「けど、きっとそれも必要なステップなんや。そこでいっぺん仕切り直して、自分の駄目っぷりを自覚して、謙虚にならなあかんねん。きっぱり気持ちを切り替えて、また前向いて進んでいく……それでようやく、ホンマの一人前になれるんと違うか？　俺はそう思てるから、上の先生がフォローしてくれる今のうちに、多少の無茶でもガンガンやらしてもらおうと思ってるで。……まあ、しくじったらその場でしばき倒されるから、勘違いできるほどの自信なんぞ、持たしてもらわれへんけどな」

説教をするでも諭すでもなく、ただ胸の内を淡々と打ち明けてくれる江南に、篤臣は少しホッとした表情になった。

「そっか……。お前も怖いのか」

「当たり前や。ちゅうか、俺なんか、オペ丸ごと仕切らせてもらうなんて、まだ夢のまた夢やで。しかも、いつか自分が先輩になって後輩のミスをカバーする……とか想像すると、イメトレだけで震えるわ」

「そりゃ、お前の場合は、ヘタすると患者さんを死なせちまうからだろ」

「それはそうやけど、お前かて、死人相手やから簡単っちゅうわけやないやろ。遺体にメス入れて、遺族につらい思いさして、そんで大事な証拠を見落としたら、それこそえらいこっちゃ。……責任感も恐怖も、臨床と変わりはないと思うで」

「……うん。うん、そうだよな。……ゴメン。お前もビビッてるって聞いてホッとするのは酷いけど、ちょっと気が楽になった」

篤臣は少しスッキリした顔で何度か頷いたが、江南はまだ気がかりそうな顔で問いかけた。

「なんや、初の重責で、今日はそないにグッタリやったんか？　まあ、そら疲れるやろうけど、ホンマにそれだけか？　まだ、他にもきついことがあったん違うか？」

すると篤臣は、情けない顔で笑い、小さく肩を竦めた。

「やっぱ、お前にはなんでもわかっちまうな」

「当然やろ。俺はお前の旦那《だんな》やぞ」

江南は得意げに胸を張ってみせる。篤臣は、正直に打ち明けた。

「さっきも言ったように、詳しくは話せないんだけど……。今日、小さい子供の解剖だったんだ。もちろんどんな解剖だって誠心誠意丁寧にやるけど、子供の解剖って……なんて言えばいいのかわかんないけど、俺にとってはやっぱ特別でさ。司法解剖じゃなくても、子供が死ぬのは悲しいことだし……それが警察沙汰《ざた》だと、余計にこう、可哀想だろ?」

江南も沈痛な面持ちで頷く。

「そらそうやな。たまに小児科からコンサルト受けて、子供のケアもすることがあるけど……やっぱきついな。ちっこい身体で頑張っとるんを見ると、胸が痛《いと》うなる」

「うん。解剖台に乗った身体、ホントに小さくてさ。そんな身体にメスを入れるの、悪くて。でも……全部読み取ってやるからな、俺が頑張るからなって思って、俺、怯えながらも必死でやったんだ」

「うん」

「でも……サスペンドになっちまった」

「あ?　サスペンド?　中断する羽目になったっちゅうことか?」

篤臣はこっくり頷いた。

「うん。最初は、警察も事故じゃないのか的な流れで説明しててさ。俺たちも、そうなのかな、と思いながら解剖に入ったんだけど。でも……そうじゃないかもしれない所見がいくつか見つかってさ。死因を正確に出すためには、警察が今見つかった所見を踏まえて捜査し直したほうがいいんじゃないかってことになった」

「あー、なるほどな。犯罪絡みっぽいわけか？」

「かもしれない。あるいは事故なんだけど、警察が当初思ってたようなものじゃないってだけかもしれない。そこは、俺たちの知ったことじゃないよ。俺たちは、遺体が教えてくれる情報を、残さず受け取るだけだ」

「それもそうやな。ほな、何がお前を悩ませてるんや？」

探るように問いかけてくる江南の頭に、篤臣は自分の頭をそっともたせかけた。恥ずかしがり屋で、自分からはなかなか甘えてこない篤臣のそんな仕草に、江南はどこか嬉しそうな顔をする。

「さっき言ったみたいに、俺、すげえビビッてたんだけど、実際にご遺体に対面したら、動揺してる場合じゃないって凄く感じてさ。だんだん落ち着いてきて、メスを持つ頃には、いつもと同じようにやれてたと思う。だけど……最初に思ってた、『単純なアクシデント』じゃないっぽい所見が次から次へと見つかるにつれて、俺……これ、ホントにいいのかなって思っちゃって」

江南は驚いて篤臣の顔をじっと見る。

「あ？　どういうことや？　落ち着いて解剖をやれて、ちゃんと所見が取れたんやったら、それでええやないか。お前がそない険しい顔で悩むようなことが、なんぞあるんか？」

自分の腹の上で組んだ篤臣の指が、心の揺れを示すようにピクンと震えた。彼は江南を見ず、視線を布団の上に彷徨《さまよ》わせながら答えた。

「俺の推理が正しいかどうか……それはわかんねえ。推理は俺の仕事じゃないし、そこは明日の朝、警察が拾ってくる新しい情報を待つしかない。……けどさ。もし……もし、俺の推理が当たってたら……俺、ホントに正しいことをしてるのかなって思っちまってさ」

「……すまん。ますますわからん」

途方に暮れた江南の声に、篤臣は慌てて言葉を継いだ。

「だよな。ゴメン。抽象的な話しかできないから、余計わけわかんないことになってるよな。……ええと。だからさ。俺が拾った所見がさ、俺の予想したとおりの理由で生じたものなら、死んだ子供にとって大事な人たちが、窮地に立たされることになるんじゃないか……って」

「それって、もしかして子供のお……」

「悪い。それは訊かないでくれよ。答えられないからさ」

「あ、せやったな。……すまん、続けてくれ」

「もしそうだとしたら……。俺、必死で遺体からできるだけたくさんの情報を得ようとしてたけど、それって死んだ子供がまったく望んでないことかもしれない。俺、余計なことしてんのかもしれない。生まれて初めて、そう思った」

「……篤臣、お前」

「馬鹿馬鹿しい考えだってことは、わかってる。だから美卯さんにも言えなかった。……けどさ。もし俺たちが、あんな所見に気づかなかったら。警察が最初思ってたような、単純な事故とか、原因不明の不幸な急死とか……そんなふうに処理されてたら。死んだ子供にとって大事な人たちには、そのほうが好都合だったのかもしれないって、思っちまったんだよ。それが、死んだ子供が望んでたことでもあるのかなってさ」

「………」

絶句する江南に、篤臣はくすんと笑った。

「ごめんな。呆れたろ。今日の俺はホントに……ホントに、法医学者失格なんだ。自分でもわかってる。だけど、正しいことしてるって、どうしても途中から思えなくなった。たぶん明日の朝から解剖は再開されるけど、こんな中途半端な気持ちの俺が、もっぺんメスを持たせてもらっていいのかな……と思うと、遺体にも、城北先生にも、美卯さんにも、ひたすら申し訳なくてさ」

「……せやかて、責任を途中で投げ出すわけにはいかんやろ」

「うん。だから、凄く悩んで、頭がグルグルして……」

「で、考えすぎてグテグテになってぶっ倒れとったっちゅうわけか。寝とるとき、お前のデコチン触ったらちょっとだけ熱かった。また、微妙に知恵熱出しとったんと違うか？」

「……かもしんねえ」

「なるほどなー。ようやく話が繋がった。っちゅうか、事件のことはようわからんけど、お前の頭ん中は、なんとなく理解できた」

江南はそう言うと、しばらく自分の考えをまとめるように、ただ黙って篤臣のやわらかい癖毛を撫でていた。篤臣は、そんな江南をむしろ気遣うように、わざと明るい声を出した。

「いいんだ、何も言わなくて。つまんない愚痴だって、マジでわかってる。ただ、誰かに聞いてほしかっただけでさ。……お前の言うとおり、胸にわだかまってたもん、吐き出させてもらっただけで楽になったよ」

だが、江南は小さくかぶりを振った。

「せやけど、まだ気持ちの整理はついとらんやろ。そのまんまで明日、また解剖台の前に立つんは、心許《こころもと》ないん違うか？」

「それは……うん。だけど」

「それも、俺と共通した悩みやなーって思うとったんや。俺が、患者の望まん延命治療をしてしもてるんやないかって悩むときに、よう似とる」

「……あ……。そういえば……」

ハッとする篤臣に、江南は悪戯っぽい口調でこう言った。

「せやけどなあ、篤臣。これまでの解剖かて、お前は色々、遺体の望まんことを読み取ってきたはずやで?」

「……う?」

「考えてもみい。お前が若い女の子やったら、腹かっさばかれて、皮下脂肪何センチとか言われるん、超絶恥ずかしいやろが。女子にとっては、秘密中の秘密やで、そんなもん。見知らぬ男に、でっかい声で言われるとか、ありえへんやろ」

「あ……そ、それは、確かに。言われてみれば」

「俺が女の子やったら、化けて出て、文句の一つや二つくらいは言うところやで。……まあ、それは冗談としてもや。……お前の迷いが、悪いことやとは俺は思わん。お前が、ホンマに遺体のことを……その子供のことを、大事に、真剣に思うとる証拠やからな」

「江南……」

篤臣は、江南から身体を離し、その精悍《せいかん》な顔を不安げに見る。江南は真剣な面持ちで篤臣を見つめ、その頬を骨張った大きな両手で包み込んだ。

「けどな。目先のことにとらわれたらアカンのと違うか? もしかしたら、ホンマに死んだ子供が望まんようなことを……その子にとって大事な人たちをまずい立場に置いてまうようなことを、お前の手と目が見つけてしもたんかもしれん。それでも……それが、真実や」

「………」

「お前が見つけてやらんかったら……真実がスルーされてしもたら、確かにそんときは助かったと思う奴がおるかもしれん。けど、そいつはこの先、誰にも気づいてもらえんと、重たい十字架を一人で、一生背負っていかなあかんようになる。想像するしかあれへんけど、それは正面切って罪に問われるより、ずっときついことかもしれへんで？」

「あ……」

篤臣の唇から、小さな声が漏れる。江南は、不安げに揺れる篤臣の視線を捉《とら》え、熱っぽく言葉を重ねた。

「お前は、法医学者失格なんかやあれへん。むしろ、ホンマの意味で、法医学者の第一歩を踏み出したんやと俺は思う。悩むのはええ。怖がるのもええ。……けど、逃げたらアカンぞ。逃げんと、そのまんまのお前で遺体と向き合え」

「………」

「たとえ死者が望まんことでも、それが真実やったら容赦なく抉《えぐ》り出せ。それがきっと、ホンマもんの法医学者になる道やし、長い目で見たら、必ず死者のためにベストの選択でもあるはずや。……遺体とお前の、真っ向勝負やな」

そんな言葉で話を締めくくり、江南はニッと笑った。篤臣も、江南の言葉を噛みしめるように深く頷く。

「なんか……ありがとな、江南。凄く……なんだろ。元気出た、っていうか……勇気出た」

「ホンマか?」

篤臣は、何かが吹っ切れたような笑みを浮かべ、今度は真っ直ぐに江南を見た。

「うん。別にお前の言葉を鵜呑《うの》みにしたからっていうんじゃなくて……。お前も俺と同じようなことで悩んだり、苦しんだりしてたんだって思ったら、凄く心強くなった。……そうだよな。俺、まだまだ未熟なんだもん。迷うのも悩むのも、当然なんだよな」

「おう」

「けど、お前の言うとおりだ。怖がって逃げたり、迷って目を背けたりすれば、それこそ俺は、死んだあの子を裏切ることになる。……わかった。俺は、このまんまの俺であることを恥じたりせずに、ちゃんと受け入れて、前に進む。……明日、どんな話を警察が持ってきても、絶対ぶれねえ。俺は、俺の仕事をする」

いつもの篤臣らしい、迷いのない口調をようやく聞いて、江南はニッと笑った。篤臣の頬をむにっと引っ張ってから、手を離す。

「よっしゃ。それでこそ俺の自慢の嫁や。……明日に備えて、ぐっすり眠れそうか?」

篤臣も笑って頷く。

「うん。ちゃんと寝て、明日、気合い入れ直して頑張らないとな」

「その意気や。ほな寝るか」

二人はゴソゴソとベッドに横たわる。だが、そのまま眠るのかと思いきや、江南は篤臣のほうを向いて手枕で横たわり、低く笑ってこう言った。

「覚えとるか？　初めて、お義母《かあ》さんとこに挨拶に行ったときのこと」

「……俺が母親にぶっ飛ばされた挙げ句、知恵熱出して寝込んだときの？」

「せやせや」

江南は可笑しそうに笑って頷き、こう続けた。

「あんとき、お義母さんがごっつさりげのう、『あんたは打たれ弱いんだから』ってお前に言うとったやろ」

「……言ってたっけか、んなこと？」

篤臣は軽く頭を持ち上げ、不思議そうな顔をする。江南はますます可笑しそうに笑った。

「言うてはった。そうか？　って思ったから、なんや覚えとったんや。……けど、やっぱ親は子をよう知ってるんやなって、今夜思った。お前は確かに、打たれ弱いとこがある」

「……なんかそれ……返す言葉がないだけに悔しいな」

優しげな外見に似合わず負けず嫌いな篤臣である。本当に悔しそうなふくれっ面を見て、江南は片手を伸ばし、篤臣の頬に軽く触れた。

「打たれ弱いんは、悪いことやない。何も感じへん心の持ち主より、よっぽどようけのことを感じられるし、考えられる。成長の伸びしろがでかいっちゅうこっちゃ。それに……」

「それに？」

「こうして、たまに俺がお前にええとこ見せた上、存分に甘やかせるやないか。そうでないと、旦那の立つ瀬があれへん。普段はお前が、しっかりしすぎた嫁やからな」

「……それもそっか。だよな。たまには、俺がお前に頼って愚痴って甘えてもいいよな！」

「ええよ、大歓迎や」

真面目な話の最後にちゃんとおどけて締めくくってくれる江南に、篤臣も軽口で応じる。

二人は笑い合って、それぞれの枕に頭を沈めた。江南の左腕が、いつものように篤臣のうなじの下に差し入れられる。

ベッドに入る前とはまったく違う安心感に包まれて、篤臣は目を閉じてこう言った。

「なあ、江南」

「ああ？」

「俺、いまだかつてなく、お前のことを格好いいと思ってるかも」

「……アホ。いまだかつてなくは余計や。俺はいつも、この上なくかっこええやろが」

「……それはどうだか」

すっかりいつもの調子で突っ込みを入れ、篤臣は小さな欠伸《あくび》をする。

「ほな、お互い明日もベストの仕事をすべく、寝よか」

「うん。……明日も、な」

「せや。……明日の夜、きっとお前は、胸を張ってこの家に帰ってくる。俺が保証したる。……その顔が見たいからな。明日も、意地でも帰ってくるで」

「……うん」

そんな姿をセルフイメージして、篤臣は口の端で小さく笑う。

「おやすみ、江南」

「おう、おやすみ」

おやすみの挨拶をしたあとも、江南はしばらく目を閉じ、傍らの気配を窺っていた。やがて、小さな寝息を聞きとってから、薄目を開ける。

篤臣は、いつもの不思議に幼い表情で、健やかな寝息を立てていた。それを確かめ、江南はようやく安堵して、もう一度目を閉じる。

(大丈夫や。お前は、打たれ弱うても、粘り強い。きっと、なんでも乗り越えられる。……同じ場所にはいてやられへんけど、心だけは、いつでも隣におるからな)

心の中で励ましの言葉をもう一度囁き、江南も篤臣の寝息に誘われるように、眠りに落ちていった……。

四章　君の手を取る

翌朝、篤臣が出勤すると、ちょうど美卯が解剖室に行こうとしているところだった。

「おはようございます」

「おはよう。もう解剖室に、警察来てるわよ。城北先生は、行きがけに教務に用事があるからって、先に降りたみたい」

「わあ、美卯さん、待ってください。一緒に行きましょうよ。俺、二日続けてラストは嫌だし」

篤臣は少し離れたところから自分の机にバッグを放り投げると、急いでセミナー室を出た。幸い美卯は、エレベーターを止めて待ってくれていた。

「よかったわ」

エレベーターが動き出してすぐ、美卯はそう言った。篤臣は小首を傾げる。

「はい？」

美卯はニッと笑って、篤臣の前髪に覆われた額に軽いデコピンを喰《く》らわせた。

「あたッ」

「昨日、帰り際の自分の顔、見た？　世界の終わりみたいな酷い顔してたのよ。永福君が帰ってから、城北先生と、ちょっと鑑定医にするって決めたの、早まったかしら……ってプチ反省会しちゃうくらい」

「うっ……」

「まあ、無事に家に帰り着くことを祈りつつ、様子を見ましょうってことで、昨日は解散したんだけど……よかったわ。もういつもの永福君ね」

実の姉のように気遣ってくれる美卯のさりげない優しさに、篤臣は照れくさそうに頷いた。

「すいません、心配かけちゃって。……確かに昨日はすげえ凹んで、悩んで、ヨロヨロになって帰ったんですけど……」

「ダーリンに相談に乗ってもらった？」

篤臣と江南の関係をよく知る美卯は、ごく自然にそう言って篤臣をからかう。篤臣は目元を微かに染め、しかし素直に頷いた。

「っていうか、情けないくらいたっぷり、愚痴を聞いてもらいました。あいつ、俺なんかよりずっときつい目に遭ってるから、言葉に重みがあるっていうか……」

「あの子の『きつい目』の半分は自業自得だと思うけど……まあ、それが今、永福君の役に立ってるなら、無茶やった甲斐があったってもんだわ」

「うー……ええと……」

江南と篤臣の関係が最悪だった頃をよく知る美卯の台詞だけに、篤臣は返す言葉を見つけられずに絶句する。

「じゃあ、今日もちゃんとやれるわね？　私が交替しなくても、大丈夫ね？」

エレベーターが一階に到着して扉が開く寸前に、美卯はさりげなく問いかけてくる
「……はい」

篤臣はきっぱりと頷き、「ありがとうございます」とつけ加えた。


解剖室には、高橋、森崎の両刑事をはじめ、昨日と同じ警察の面々が揃っていた。美卯と篤臣に少し遅れて、白衣姿の城北教授も入ってくる。

「やあ、待たせたね。永福先生、気持ちを切り替えて、今日もよろしく頼むよ」

城北教授はそう言いながら、チラと篤臣の表情を窺う。篤臣は口の端でチラと笑って頷き、「はい」とハッキリ返事をした。

解剖台にはすでに、解剖を中断し、低温室に一晩安置してあった小さな遺体が戻されている。篤臣と美卯の配慮で身体にかけられた白いシーツは、そのままにしてあった。

城北は自然に書記席につき、促すように篤臣を見る。篤臣は頷き、高橋警部補に声をかけた。

「それで、母親からの再聴取の結果はどうでしたか?」

すると高橋は、昨日の朝の慇懃無礼な態度はどこへやら、城北に対するほどではないにせよ、それなりに丁重な口調で答えた。

「それがですね。あのあと、先生が尚之君を解剖して見つけてくださった所見について、母親にある程度話しました。尚之君の喉に、子供が口にするには不自然に大きな、しかも歯形のないどら焼きの欠片があることを。これは揺るぎない事実ですな?」

「はい」

篤臣が頷くと、高橋は刑事らしく厳しい表情で再び口を開いた。

「そして……昨日、先生が待合室で見つけた、母親の右手の甲、人差し指と中指のつけ根あたりにできた浅い擦り傷と打ち身のようなもの。それらを踏まえて、任意にしては、母親をかなり厳しく追及したんです」

「……それで?」

篤臣と美卯は、ほぼ同時に生唾を飲む。高橋は、少し勿体ぶって答えた。

「認めましたよ。自分が、尚之君の喉に、どら焼きを半分に割ったものを突っ込んだと。先生が推測なさったように、母親の指の傷は、小さな子供の口にどら焼きを突っ込み、奥まで押し込もうとして、子供の歯に強く擦れてできたと自分からゲロ……失礼、打ち明けました。ま、母親の指の傷についても、後日、先生がたに鑑定していただくことになりますが」

うっかり警察内部で使われる言葉を口にして、高橋は小さく肩を竦めた。そのあとを、高橋の傍らに控えた森崎が引き取る。

「でもですね、母親は、自分が尚之君をそうやって殺したんだと言い張ったんです。私が殺しました、私を逮捕してくださいって」

篤臣はそれを聞いて顔色を変えた。

「ちょっと待ってください。それじゃ、おかしいですよ。俺、昨日ちゃんと言いましたよね？ 尚之君に窒息の所見がないことから、どら焼きの欠片は死後、喉の奥に押し込まれた可能性が強いって」

森崎は、大袈裟《おおげさ》に溜め息をついてみせる。

「そうなんですよねー。でもそこを突っ込んでも、それでもなんでも私がやったんです、動機は働きながら双子の子育てに追われて、ストレスが溜まっていたんです！ って聞いてもいないのにまくし立てて。高橋と二人、ぽかーんとしちゃいました」

「……俺はぽかんとしとらん。お前だけだ」

一緒くたにされたのに腹を立てたのか、高橋は尖った声で森崎を黙らせ、探るように篤臣の顔を見た。

「どう思われますかな、母親の……まあ、自白的な言い分を」

篤臣は、戸惑い顔で城北を見た。だが城北は、あくまでも篤臣にイニシアチブを取らせるつもりで、無表情に見返してくるばかりである。

「殺してないのに、殺したと言い張る母親……。あ」

篤臣は小さな声を上げ、森崎を見た。

「あの、俺、昨日、待合室を出てから森崎さんにお願いしたことがありましたよね」

まだ学生のように若々しい顔をした森崎は、キョトンとして問い返す。

「はい？　いや、だから母親の手の傷のこと、ちゃんと訊ねましたよ？」

「いや、それともう一つ。双子の弟の真司君に、頑張って思い出してもらってくださいってお願いを……」

「あーあーあー！」

森崎はポンと手を打った。

「はいはい、聞きました聞きました！　ちゃんと先生のおっしゃったとおり、母親のいないところで、真司君に事件当時の話を聞きました。もう、苦労しましたよ〜。本人、尚之君が死んだことをまだ把握できてないので、尚之君と遊びたいわ退屈だわでかなりご機嫌斜めで。高橋さんがお前やれって言うんで、僕、必死で宥めすかして……」

「……それで？」

愚痴は軽くスルーして、篤臣は結果を促す。森崎はやや不満げに、しかし素直に答えた。

「一応、『何をしていたら尚之君が動かなくなったか』は、どうにか聞けました。ただ、不機嫌な四歳児がぐずりながらぽつりぽつり言ったことなんで、信憑性《しんぴょう》は……」

「いいから、なんて言っていたか教えてください！」

基本的に温厚な篤臣だが、意外と気は短い。苛《いら》ついた口調で急かされ、森崎は軽くのけ反って答えた。

「は、はいっ。ええとですね。要領を得ない真司君の話を無理矢理かい摘むと、要は、尚之君と二人でお絵かき中、どっちが紫を使うかで喧嘩になったそうです」

「紫？　ああクレヨンの話？　たしか、机の上にはクレヨンがあったのよね？」

美卯がそこで初めて口を挟む。高橋は、テーブルの上を撮影したポラロイド写真を示した。たしかによく見ると、テーブルの真ん中に置かれたクレヨンの箱には、十数色のクレヨンが入っているが、一本だけなくなっている。どうやらそれが「紫色」のクレヨンであるらしい。

森崎は、自分もその写真を見ながら頷いた。

「ですです。どうやら尚之君が先に紫色のクレヨンを取って使い始めたらしく、真司君も使いたいと言ったけれど、貸してくれない。腹を立てた真司君が、クレヨンを尚之君の手から奪い取ろうとして、揉《も》み合いになった。そうしたら、なぜか尚之君がひっくり返って寝てしまった……と、そのようなことを言っていました。確かに、紫色のクレヨン、床に転がってました。たいしたことじゃないと思って、先生がたにはわざわざお伝えしてなかったですけど」

「揉み合いになった……。そっか……。やっぱり、そうか」

篤臣は難しい顔つきで、呟くように言った。森崎と高橋は怪訝《けげん》そうに顔を見合わせる。高橋が、小さな咳払《せきばら》いで注意を引き、篤臣に訊ねた。

「揉み合いといっても、四歳児どうしですよ、先生。そんな、我々の喧嘩みたいに殴り合いとかじゃないでしょうし、実際、真司君は別に怪我《けが》をしてるわけじゃありません。尚之君のご遺体にも……」

「損傷はありました。遺体の胸部に。覚えてますか?」

篤臣は、色素の薄い目を暗く沈ませ、静かに言った。ああ、と高橋はなんの気なしに頷く。

「上っ張りのボタンの痕でしたっけ? 皮下出血と表皮剝脱でしたよね。それが何か?」

「…………」

篤臣はそれには答えず、濡らした軍手に手を通した。

「ありがとうございます。ほしかった情報はすべていただいた……と、思います。あとは解剖を終わらせてから。……城北先生、美卯さん、お願いします」

おそらく篤臣の考えていることは理解しているのだろう、城北は厳しい面持ちで頷いてみせる。美卯は、やや不思議そうにしながらも、「お願いします」と挨拶を返しただけで、何も言わずに解剖台の前に立った。

「……ごめんな、中途半端な状態で一晩、一人ぼっちにしちまって」

幼い遺体の顔を見下ろし、篤臣は小さな声で語りかけた。その声には、隠しきれない苦さがある。

「あと……余計なことしちまったら、ごめん。でも、俺は自分が正しいと信じることをする」

「……永福君?」

美卯の訝しげな呼びかけに、篤臣は口角をわずかに上げてみせた。そして、遺体を覆っていた布を外し、再びメスを手にした。

「では、これより解剖を再開します」

静かにそう言って、篤臣は遺体に向かって目を閉じ、頭を下げた。美卯と城北も同じように黙礼し、刑事たちは合掌する。

こうして解剖室には再び、厳かに張りつめた時間が流れ始めた……。

そして二時間後、司法解剖は今度こそ無事に終了した。

切れ味鋭い外科鋏が、篤臣が結紮《けっさつ》した縫合糸を結び目のすぐ上で切断する。美卯は鋏を置くと、すぐさま遺体を清める準備に取りかかった。

篤臣は、遺体のオトガイから下腹まで続く縫合を確かめながら、ぽつりと幼い遺体に詫びた。

「ごめんな、でっかい傷作っちゃって。……教えてくれたことも、たぶん俺なんかに教えたくなかったことも、全部受け取った。望まれてないかもしれないけど、俺はベストを尽くしたよ。……たぶん、本当のことを、隠さず明らかにすることが、いちばんいい。俺はそう信じてる。……でも、ごめんな」

複雑な心情を吐露して、篤臣は軍手を外し、物言わぬ遺体の頬に触れた。そんな篤臣に、美卯がさりげなく声をかける。

「あとは私がやるわ。子供だから一人で十分よ。だから永福君は、検案書を書いてらっしゃい」

「……すいません」

要領の悪さに苛つくこともあるだろうに、昨日からずっと補助に徹してくれる美卯に軽く頭を下げて感謝の気持ちを伝え、篤臣は解剖台を離れた。

書記席の前で待ち受ける高橋と森崎をチラと見て、手術用手袋を嵌めたまま、城北の傍らに立つ。

「さて、直接死因はどう見るね、永福先生」

城北に厳かに問われ、篤臣は乾いてひび割れた唇を軽く舐めてから、噛みしめるように言った。

「現時点では(推測)とつけなくてはいけませんが、不整脈と」

「ふむ。不整脈。その原因は?」

「……心臓震盪《しんとう》」

「しんぞうしんとう?」

篤臣が答えるなり、高橋と森崎が、聞き慣れないその言葉を鸚鵡《おうむ》返しにする。流水で遺体を清めながら、美卯まで「……あ!」と小さな驚きの声を上げた。どうやら彼女ですら、その死因は思いつかなかったらしい。

「それは……どんなもんですかね?」

高橋は、「心臓震盪」と城北が検案書に記入するのを凝視しつつ、盛んに首を捻った。篤臣は、どこか苦痛を堪えるような顔で答えた。

「日本では、ここ数年でようやく認知度が上がってきましたが、アメリカではずいぶん前から、子供の突然死の原因として研究が進んでいる病気……いや、ある種のアクシデントによって引き起こされる症状って言ったほうがいいかもしれません」

「アクシデント……によって引き起こされる症状?」

ますます首の傾斜を深くする高橋たちに答えたのは、城北だった。

「心臓震盪の診断基準は、まず、心肺停止の直前に、前胸部に非穿通《ひせんつう》性の……まあ、刺し貫かれていないという意味だね。そういう言うなれば軽い衝撃を受けていること、そして詳細な発生状況が判明していること、さらに、胸骨や肋骨《ろっこつ》、心臓に構造的損傷がないこと、それから心臓や血管系に奇形が存在していないこと。……これだけの条件が必要なんだ」

「……ほうほう。森崎」

「はいっ、今必死でメモってますけど……そのう」

「あとで永福先生が、必要な資料をコピーしてお渡しするでしょう。……永福先生、わたしも同じ見立てだった」

「は……はいっ」

　別に城北の言葉がすべて正しいわけではないとわかっていても、師匠と同じ見解だと知らされ、篤臣の頬がようやくわずかに緩んだ。城北は、あとは任せたと言わんばかりに、検案書を作成する作業に戻ってしまう。篤臣は、小さく深呼吸して言った。

「診断基準の三つ目と四つ目については、解剖で肉眼的に見た限りでは、損傷や奇形は見られません。後日、組織でさらに検索することになります」

「まず、診断基準の半分は満たしているというわけですか。最初の二つはどうです？」

「二つ目……詳細な発生状況というのがいくぶん弱いですが、森崎さんが聞きとってくださった、弟の真司君の話を参考にしました。……それによれば、クレヨンを巡って、双子は喧嘩になった。おそらく、クレヨンを離すまいとする尚之君の手からそれを奪い取ろうとして、真司君が……こんなふうに」

篤臣は両腕を斜め前に上げ、飛びかかる熊《くま》のようなポーズをしてみせる。

「座った姿勢でのけ反る尚之君の上に、飛びかかり、体当たり状態になったんでしょう。だから……真司君の身体がぶつかったショックで強く圧迫されて、尚之君の上着のボタン痕が胸についたんです。皮下出血と表皮剝脱として」

ようやくいくぶん合点がいったらしく、高橋はポンと手を打った。

「なるほど。それが、先ほど城北教授がおっしゃった、ひ……ひ、ひせ……なんでしたかな」

「非穿痛性の衝撃」

「それそれ！　それに当たるわけですな。そして……？」

「その衝撃により、不整脈……おそらくは心室細動でしょう。つまり、どっくん、どっくん……という正常な拍動ではなく、わかりやすく言えば、衝撃でビックリした心臓が、細かく震え出してしまうという状態なんです。それでは血液を押し出すポンプの動きができませんから、全身に血液を上手に循環させることが不可能になります。正常な拍動が戻らなければ、速やかに死に至る状態です」

「ははあ……。しかし、先生。それははたして、四歳児の体当たりくらいで生じるもんなんですかね？」

まだ疑わしげな高橋に、篤臣は頷いた。

「昨日、もしや……と思って、図書室で色々と文献を調べてみました。統計によれば、心臓震盪を生じさせた衝撃の強さも、打撃を受けた面積の広さも、まちまちです。以前は、小さなものが強く当たった場合に生じやすいとされていましたが、そういうわけではないようです。そして……小さい子供ほど、胸郭、つまり胸の骨がやわらかくて、受けた衝撃が心臓に伝わりやすいんだそうです」

「……へええ……。僕、初めて聞きましたよ、心臓震盪なんて。脳震盪はよく聞きますけど。あ、でも脳震盪も、頭にがつーんって衝撃を食らって脳がショックを受けるんですよね？同じようなことか……。あれっ？　じゃあ……」

ブツブツと何やら呟きながら勝手に納得していた森崎は、人のよさそうな顔いっぱいで驚きを表現しながら、篤臣と上司の顔を見比べた。

「待ってくださいよ。じゃあ、尚之君を殺したのは、双子の弟の真司君ってことに？」

それには、城北が即座に否定の言葉を投げかける。

「いやいや。無論、その判断は警察の仕事とはいえ、医師の目で見る限りは不幸な事故だと思われる。真司君には罪はない」

「で、ですよね。だけど……じゃあ、なんで母親は、自分が殺したって言ったり、その……尚之君の喉にどら焼きを詰め込んだりしたんだろう」

篤臣は、肺が空っぽになるほど深い溜め息をつき、美卯がバスタオルで拭き上げている小さな遺体を見やって言った。

「お母さんは守りたかったんだと思います。残された、弟の真司君を」

高橋と森崎は、再び顔を見合わせる。だがそれに構わず、篤臣は淡々と言葉を継いだ。

「小学校の教諭なら、心臓震盪について知っていても不思議はありません。いつ、児童に起こるかわかりませんし、ましてご自分の子供も小さいわけですし。……だからこそ、倒れている尚之君に心臓マッサージをしようとして、服をまくり上げたとき……胸元の傷を見つけて、何が起こったか悟ったんじゃないでしょうか。もちろん、これは俺の想像ですけど」

遺体の清拭《せいしき》を終えた美卯も、書記席の近くにやってきて会話に加わった。

「お母さんは、事故とはいえ、双子のお兄さんを死なせてしまったなんて重い十字架を、真司君に背負わせたくなかったのね。だから……。これぱっかりは、本人に話を聞かなきゃわからないけど、もしかしたら、最初は掃除に忙しくて、真司君の『尚之君が動かなくなった』っていう言葉を真に受けなかったのか、理解できなかったのかもしれない。それで状態を把握するのが遅れて……」

高橋は腕組みして唸った。

「心臓マッサージを試みつつも、もう無理だろうとうすうすわかったと?」

「ええ。だからこそ、それでも救急車を呼ばなくてはという気持ちと、もう無駄だという諦《あきら》めと、このままでは残された真司君のこの先の人生に、尚之君の死が暗い影を落とす……そんな恐れがごちゃ混ぜになって、あんなことを」

「どら焼きをホトケさんの喉に押し込んで、窒息を偽装しようとしたわけですか」

「それなら万が一、蘇生の可能性があれば、挿管するときに救急隊が気づいてくれるもの。……まあ、母親がそこまで計算していたかどうかはわからないけれど、咄嗟にできる唯一の偽装工作だったんじゃないかな。どう考えても無理があるのに、自分が殺したと言い張ったのも、真司君を守りたい一心だったんじゃないかと思う。……私はまだ母親じゃないけど、それが自分の子供に起こったら、きっと同じことをすると思うの」

「……なるほど。城北先生、そういうことでよろしいんですか」

確認するように問いかける高橋に、城北は重々しく頷いた。

「まあ、二人の推測部分は、参考程度に。捜査も推理も、警察の仕事ですからな」

「は、それはもちろん……」

「しかし、大筋ではそういうことであろうと、わたしも思う。わたしが言うことじゃないが、母親の必死の思いを汲んで、報道その他についての対応は、どうぞ慎重に。我々も、情報管理にはいつも以上に気を配るようにしよう」

自分も子供の父親である高橋は、ひときわ真摯な顔で頷く。

「承知しております。……では、後日、あらためて母親の傷口の鑑定その他、追加検査をお願いすることになると思いますが……ひとまず、ありがとうございました」

「ありがとうございましたッ」

高橋に続いて、刑事たちは城北と美卯、そして篤臣に深々と頭を下げる。

「これからもどうぞよろしくお願いします、永福先生。……頼りにしとります」

高橋はそうつけ足して、篤臣にチラと笑いかける。

「……こ、こちらこそッ」

篤臣も、これから長いつきあいになるであろう刑事たちに、帽子が脱げるほど勢いよく礼を返した。


「ねえ、どうしたの？　せっかく、初めて仕切った司法解剖を、いい感じにやりきったのに。なんだかまたしても雰囲気がどんより暗いわよ。昨日ほどじゃないにせよ」

その日の午後、実験室で組織サンプルを顕微鏡で観察していた篤臣は、遠心分離器を使いに来た美卯に声をかけられ、レンズから顔を上げた。

「……別に……なんでもないですよ」

「嘘でしょ。どうしたの？　まだ何かわだかまってることがあるの？」

まるで心の澱《おり》をすくい上げるような美卯の問いかけに、篤臣は力なく笑ってかぶりを振った。

「いや、そういうわけじゃないです。城北先生と美卯さんに助けてもらいながらですけど、一応、やるべきことは最大限やりきったと思いますし」

「だったら、どうしてそんなに元気がないの？」

美卯は遠心分離器にサンプルをセットし、時間設定をしてスイッチを入れた。そして、篤臣が顕微鏡を置いている実験机に浅く腰を下ろす。篤臣は顕微鏡の電源をオフにして、美卯の化粧っ気のない顔を見上げた。

「正直、昨日の朝からずっと気を張ってたんで、単純に疲れたっていうのもあるんです」

「でも、それだけじゃないんでしょ、その顔は。せっかく今朝は、何か吹っ切れたような表情だったから、安心してたのに」

篤臣は何やら恥ずかしそうに、プレパラートを弄《もてあそ》びながら言った。

「いや、マジでそういう意味では吹っ切れてるんです。俺は法医学の人間として、やるべきことをやらなきゃいけないんだって」

「じゃあ何が問題なのよ」

「……笑いませんか？」

「それは聞いてみないとわかんないわ」

「……ですよね」

あっけらかんと言ってのける美卯に、篤臣は苦笑いで両手を軽く上げ、降参のポーズをしてみせた。

「したってしようがない心配をしてました。……その……。あのお母さん、たいした罪にはなりませんよね？　尚之君の死因は事故なんだし」

美卯は、指先で頬をカリカリと搔きながら頷く。

「まあ、そうね。死体損壊罪は免れないでしょうけど、殺人とか過失致死よりは全然マシよ。弁護士の腕がよければ、情状酌量だって受けられるシチュエーションだと思うわ」

「そっか……。じゃあ、真司君、お母さんと長く離れずに済むとして……でも、いつかは知りますよね」

「何を？」

「お兄さんの死に、自分が関与していること。テレビのニュースにならなくても、新聞記事にならなくても、どっからかそういうことって知れちゃうもんだし」

美卯は、アヒルのように唇を尖らせ、肩を竦める。

「かもね。世の中には意地悪な人もお節介な人もいるから……頼んでもないのに、そういうことをペラペラ本人に喋っちゃう可能性は高いわね。でも、そんなこと気にしてたら、やってらんないわよ。だいたいそんな心配は、私たちの仕事の枠外……」

「わかってますよ。わかってますけど……。でも、気になるじゃないですか。俺、真実を明らかにすることが大事だ！　って言って、実際そうして……でも、そこで俺たちの仕事は終わりでしょう?」

「そりゃそうね。死体検案書を書いて、要請されたら鑑定書を書いて、呼ばれたら裁判で証言する。そこまでが私たちの仕事よ。それが何?」

「……ですよねえ」

そう言って、篤臣は片手で頬杖《ほおづえ》をついた。指先で、前髪をかき上げる。

「何よ?」

「いや……わかってるんです。そこで事件から手を離さないと、続かないってわかってるんです。だけど……」

篤臣は、指先で自分の頭をトントンと叩き、躊躇いながら言った。

「今から十年くらい経って、真司君が尚之君の死の真相を知っちまったとしたら……どうなるんだろう。俺だったらきっと荒れるな、混乱するし、自分を責めるし、教えてくれなかった母親を恨むかもしれねえな……って思ったんですよ。なのに、その事実を暴いた俺は、そんなこと知る由もないわけで」

「当たり前でしょ」

「当たり前なんですけど! 何かそれって凄く無責任な気がして」

「……馬鹿言ってんじゃないわよ」

そう言うなり、美卯は篤臣の頭を思いきり張り飛ばした。平手ではあったが、完璧に油断

していただけに、一瞬、うなじから後頭部に電流が走るほどの衝撃に襲われ、篤臣は危うくスツールから落ちそうになる。

「ちょ……な、なんですかっ」

両手で実験机の縁を掴《つか》み、どうにか身体を支えた篤臣は、さすがに抗議の眼差しで美卯を見る。だが美卯は、軽く整えただけのしっかりした眉を吊《つ》り上げ、もう一発、今度はさすがにいささか軽く、篤臣の頭をはたいた。

「まったく、ちょっと鑑定医の真似事をしたからって、どこまで思い上がってんの、あんたは」

「思い上がってなんか！」

「いるわよ。……あんた、いつから人一人の一生に責任が持てるような、偉い人間になったわけ？」

「あ……」

美卯の口調は静かだが、その声には抉り込むような厳しさがある。篤臣は、ハッと胸を突かれた。

「自分の仕事もろくにこなせないうちから、守備範囲外のことまで気にするなんて、馬鹿もいいとこ。……だいたい、もし将来、真司君が真実を知って傷ついたとしても、それはあんたとはもう関係のないことよ」

「関係がないわけないじゃないですか、だってそれは俺が……！」

「あんたが暴かなくても、私が、あるいは城北先生が……もしそれが他県で起こっていたら、他の法医学者が、必ず明らかにしたこと。そして、真実を知ったときに真司君がどうなろうと、それはもう彼の問題よ。私たち部外者は、何もしてあげられないし、かかわることもできないわ。そんな資格は、私たちにはないの」

「美卯さん……」

「ただ、そのときの彼が、つらい経験を乗り越えられる強い人間になっているように。その道のりを支えてくれる優しい人たちが彼の周りにいるように。私たちにできるのは、そう祈ることだけ。存分に祈ったら、気持ちを切り替えて、また次の事件に取りかかる。それが私たちのすべきことよ」

淡々と諭す美卯の言葉に、篤臣はしょんぼりと頷く。

「……はい。すいません」

「永福君、生真面目だから。気持ちはわかるけど、繊細なのもいい加減にしておかないと、胃に穴が開くわよ。……今日は鑑定医経験初回だから許すけど、同じようなことでまたクヨクヨしてたら、今度はぐーでぶっ飛ばすからね」

叱られ坊主のような趣の篤臣に、美卯は苦笑いして机から飛び降りた。

「あ、遠心分離器、止まったら内線で教えて。解剖室の後かたづけしてくるから」

「え？　いや、それは俺があとで」

解剖室の清掃は解剖後に全員で行うが、その後の器具の手入れは、末っ子の篤臣の仕事である。篤臣は慌てて腰を浮かせたが、はや扉を半分開けた美卯は、片手でそれを制止した。

「いいのよ。今回は、私がサポート役なんだから。最後まで役目をまっとうさせなさい。……ねえ。色々思うところはあるでしょうけど、永福君はよくやったと思うわ。お疲れさま」

最後にそんな一言と小さな笑みを残し、美卯の小柄な姿は扉の向こうに消える。

「美卯さん……」

篤臣が思わず閉じた扉に頭を下げたとき、背後から冷ややかな声が飛んできた。

「やれやれ。お前も難儀な奴だな。そういうのを、世間では『中二病』っていうらしいぞ」

そんな台詞と共に、薬品棚の向こうから姿を現したのは、ワイシャツ・ネクタイの上からパリッとしたダブルの白衣を羽織った男……消化器内科から法医学教室に実験のため通っている楢崎《ならさき》千里《ちさと》である。

もはや立ち聞きの名手と言ってもいい楢崎の気配の殺しように、さすがの篤臣も呆れ顔になった。半ば彼を無視して、顕微鏡のスイッチを再び入れる。

「なんだよ、また聞いてたのか。相変わらず悪趣味だな」

「馬鹿を言え。向こうの入り口から実験室に入ってきたら、お前と中森先生が揉めているのが聞こえただけだ」

「別に揉めてたわけじゃない。怒られてただけだ」

小馬鹿にしたような楢崎の言葉に、顕微鏡を再び見ようとしていた篤臣もムキになって言い返す。すると楢崎は、フレームレスのお洒落《しゃれ》な眼鏡《めがね》を指先で押し上げ、鼻で笑った。

「そのようだな。……まあ、無理もない。俺が中森先生の立場なら、怒るなんて親切なことはせずに、せせら笑って通り過ぎるだけだぞ。彼女はずいぶんと親切だ」

「うわ、酷《ひで》ぇ」

同期であり、篤臣と江南の関係を知っている人物であり、篤臣が虫垂炎を患ったとき、駆けつけて病院まで運んでくれた楢崎である。学生時代にはあまり親しくなかったのだが、今はかなり気安い仲だけに、篤臣の口調も砕けたものになる。

楢崎も、普段の気取った硬質な態度をほんの少し和らげて、スツールを引き出し、篤臣の斜め前に座った。

「酷いものか。さっきお前が言っていたようなことは、思春期に悩んで、とっくに折り合いをつけておくべきものだぞ」

「そんなわけあるかよ。そこまでガキ扱いされる覚えは……」

篤臣の抗弁を、楢崎は優雅とも感じられる手の一振りで遮り、こう言った。

「だってお前、考えてもみろ。たとえば俺が死にかけの患者を助けたとするぞ」

「う、うん」

「治ってよかったですね、おめでとうと送り出した三ヶ月後、そいつが誰かを刺し殺したとして……お前、そのことで俺を責める気か？　患者を救命した責任を、俺に負えとでも？」

「まさか！　それはお前には関係な……あ……そ、そうか。そういうこと……なのか？」

半ば納得しつつも、まだ困惑気味の篤臣に、楢崎は皮肉っぽい仕草で頷いた。

「そういうことだ。俺たちは、医師としての倫理観に則《のっと》って、本分を果たす。それをまともにやれるように修業中の身でありながら、さらに人間としてのパーフェクションを求めるのは、傲慢《ごうまん》にすぎると俺は思う」

「……返す言葉もねえな」

篤臣は眉を八の字にして情けなく肩を落とす。楢崎は、そんな篤臣を見て、ふっと気障に笑った。

「とはいえ、それでこそお前って気はするがな」

「どういうことだよ？」

「そのくらい世話焼きの心配性でなきゃ、江南とは上手くやっていけないだろうってことさ」

馬鹿にするでもなく、楢崎は真顔でそんなことを言う。篤臣はどうにも微妙な顔つきになった。

「それ……褒められてんのか貶《けな》されてんのか、よくわかんねえ」

「……別に褒めても貶してもいない。単なる個人的な印象だ」

「……ふーん……。あ、そうだ。なあ、楢崎」

篤臣は、ふと思いついて、楢崎のクール・ビューティと表される冷たく整った顔を見た。

楢崎は、篤臣の前に置かれたホルダーからプレパラートを抜き取り、窓から差し込む光に透かしながら応じる。

「……ああ?」

篤臣は、そんな楢崎の妙にエレガントなポーズを胡乱《うろん》げに見ながら、問いを投げかけてみた。

「お前はさ、いつだってそんなふうに自信満々だけど、仕事で悩んだこととか、今悩んでることとか、ないのか?」

するといかにも心外そうに眉を上げた。

するといかにも

「ないように見えるのか?」

篤臣はこっくり頷く。

「見える」

すると楢崎は、一瞬呆気《あっけ》に取られたあと、小さく噴き出した。そして立ち上がると、小さな子供にするように、篤臣の頭をクシャッと撫でた。

「よ、よせよっ！　何す……」

慌てて払いのけようとする篤臣から一歩下がって逃げ、楢崎はしみじみと言った。

「お前は本当に単純なんだな。これまで単純なのは江南だと思ってたが、お前も負けず劣らず……というより、それ以上だ」

「な……なんで！」

「驚くほど見た目で人を判断しているからだよ」

「べ……別にそういうわけじゃ」

「確かに。俺はルックスと知性、双方に恵まれ、言動にそつがなく常に堂々かつ颯爽《さっそう》としている」

「……ちょ、自分で言うか、それ」

呆れ果てる篤臣を見下ろし、楢崎は悪びれる様子もなく胸を張った。

「それが厳然たる事実だからな。……だが当然ながら、俺とて万能ではない。なし得るために他人の二倍、三倍の努力と時間を要することもあれば、努力しても果たせないこともある」

「……たとえば？」

つい好奇心にかられて訊ねた篤臣に、楢崎は重要機密事項を打ち明けでもするように、低い声で早口に答える。

「たとえば……俺はいまだに、鉄棒で逆上がりができない」

「マジでっ⁉」

思わぬ告白に、篤臣は目を剝く。楢崎は決まり悪そうにずれてもいない眼鏡をまた直し、乱れてもいない髪を片手で撫でつけた。

「嘘をつく必要はなかろう。それもまた、動かぬ真実だ。……だが、それを人に言って回る必要も、ほらできないだろうと実演するつもりもない。つまりはそういうことだ」

「そういうことって……」

「俺のように完璧に見える人間にも、困難があり、苦悩があり、挫折《ざせつ》がある。皆同じだ。ただ違うのは、それを隠すスキルと、他人に自分の負の部分を見せまいという意志の有無だけだよ、永福」

「なるほどな……。何か、お前も美卯さんも、なんでもズバズバ言うし、回転早いし、やたら力強いし。羨《うらや》ましいよ」

「馬鹿を言うな。世界中の人間がそういうタイプなら、衝突が絶えないだろう。お前のように、多少繊細すぎて優柔不断でも、心優しい、他人のことを第一に考えて行動する奴がいてこそ、世の中は上手く回るんだ。心配するな、永福。お前も、社会の必要不可欠な歯車の一つだ」

「……相変わらず、褒められてる気がイマイチしねえな」

「さっきも言ったろう。褒めても貶してもいない。事実だよ。……まあ、いつかトップに立つその日までに、悩めるだけ悩んでおけ。ボスがそれだと、さすがにまずいだろうからな。じゃ、俺は行くぞ」

楢崎はそのまま実験室を出ていこうとする。篤臣は不思議そうに、その怖いほど真っ直ぐ伸びた背中に声をかけた。

「お前、今日、実験は？」

「今日は、サンプルをフリーザーに入れに来ただけなんだ。今回は、実験にかかる前に、サンプルのリストを作成して、完璧にグルーピングしておく必要があるんでな」

「ああ、なるほど」

「だから、医局に戻って作業をするよ。ではな」

片手を軽く上げて部屋から出ようとした楢崎は、しかしふと思い直したように、後ろ向きのまま半歩だけ戻ってきた。そして首をねじ曲げる不自然な姿勢で篤臣を見やり、こう言った。

「俺自身は、金と社会的地位と、適度な出世のために医者になった。だが、そういうモチベーションを恥じたことは一度もない。目的を達成するために、全力を尽くして仕事に当たってきたからな。我ながら、患者にとって、俺はなかなかいい内科医だと思う。だからこそ、満足できる報酬と、医局でのそれなりの評価を得つつある」

「……う、うん……？」

楢崎が唐突にそんなことを言い出した理由が理解できず、篤臣は曖昧《あいまい》な相槌を打つ。すると楢崎は、氷のように冷ややかな表情のまま、こう続けた。

「だが、そう思う一方で、お前と江南のような……医者としての道に高い理想を持ち、みずからの欲求をそこに絡めることをしない生き方も……なんと言うか、眩しく感じる」

「楢崎……」

「まあ、眩しいという言葉には、鬱陶しいとか暑苦しいとか、そういう形容詞が内包されているわけだが。それでもやはり、お前たちにはその道を逸《そ》れずにいてほしいと思う。そういう同期を……いや、そろそろ友人と呼んでもいいのか。同業者として尊敬できる友人たちがいるというのは、存外悪い気分ではない」

ようやく楢崎が、自分と江南のことを意外なほど評価してくれていることに気づき、篤臣は苦笑した。

「な……なんか、滅茶苦茶ややこしい表現するから、理解すんのに時間がかかっただろ。存外悪い気分ではない、とか。……でも、なんか嬉しいな、そう言ってもらえると」

すると楢崎は、らしくない発言に照れたのか、小さく咳払いしてこうつけ加えた。

「お前はお人好しだからな。余計な苦労を背負い込みそうだ。……俺に助力できることがあれば、遠慮せずに言えよ。できる範囲でなら、力を貸してやる。悪いが、俺は友情に殉じる気はさらさらないんでな。……では」

一息に言い終えて、楢崎は篤臣のリアクションを待たず、部屋を出ていってしまう。固い足音が廊下を遠ざかるのをぼんやり聞きながら、篤臣は小さく笑った。

「なんだよ、あいつ。たまにいいこと言うときくらい、もっとじっくり喋ってきゃいいのに」

鉄壁のクール・ビューティにも、妙にシャイなところがあると気づき、篤臣はなんだか嬉しくなる。

美卯や楢崎と話したからといって、彼らの意見がそのまま自分の考えに置き換わるわけではない。解剖中からずっと感じていた躊躇いや苦しみは、今も変わらず篤臣の胸を疼かせている。

それでもさっきまでと違って、そうしたもろもろの苦悩と、冷静に、じっくりと向かい合う心の余裕と、覚悟のようなものができた。

「そうだよな。何もかもが一度にできるようになるわけじゃないし、全部がすぐに割り切れるわけでもない。……経験を積みながら、少しずつ、考え続けていけばいいんだ」

声に出して呟いてみると、ずっと胸の中で激しく渦巻いていたものがゆっくりと沈み、濁っていた心が澄んでくるような気がした。

これからまだしばらくは、あの母子の事件にまつわる仕事が続く。

裁判に城北教授が証人として出廷するならば、篤臣も傍聴させてもらえるかもしれない。そうして、すべてのことが篤臣の手を離れても……決して、彼が初めて取り仕切った解剖のことが……幼子の小さな身体と、今にも目を開きそうな愛らしい死に顔が、彼の記憶から完全に消え去ることはない。

今、窓から見ている青空や、秋の風の冷たさや、解剖室に入ったとき鼻を掠《かす》める、刑事たちの衣服に染みついた煙草《たばこ》の臭い、あるいは子供の司法解剖……。普段は忘れていても、さまざまなことが、ふとしたとき篤臣に哀れな死児と、残された双子の片割れ、そして彼らの母親のことを思い出させるだろう。

(そのたびに、きっと俺は祈る)

篤臣は立ち上がり、窓に歩み寄った。見上げる空は、まさに秋晴れだった。無数の羊を集めたような雲が、青空に綺麗な模様を描いている。

(亡くなった子供の魂が安らかであるように、そして残された弟の人生が、抱えた闇に負けずに輝けるほど、幸せであるように。いつまでも、母親と笑い合える関係であるように。……いつまでだって、何度だって……たとえそんなことにホントは意味がなくったって、俺は祈り続けよう)

静かな決意を天に誓うように、篤臣はそっと目を閉じた。そして、この先一生繰り返すであろう祈りの言葉を、胸の中でそっと呟いた……。

五章　一度きりの記念日

それから一ヶ月後……。

「うわ、もう時間やないか。くそ、はよ出るつもりやったのに。なんで今日に限ってあいつ、あないに勉強熱心やってん」

医局を飛び出し、エレベーターに乗り込んだ江南は、忌々《いまいま》しげに携帯電話で時刻を確かめた。

実は彼は昼間、思い立って篤臣に携帯メールを送った。「仕事帰りに、外で食事をして帰らないか」と誘ったのである。

別に記念日でもなんでもないのになぜ……と訝る気配はあったものの、篤臣は折り返し、承諾の返事をくれた。

そこで江南は、病院近くにある行きつけのイタリアンレストランに予約を入れた。待ち合わせの時刻は午後七時半、現地で落ち合うことにした。

ところが、自分で時刻を指定しておきながら、今の時刻はすでに午後七時二十五分。直行しても、すでに五分ほど遅刻してしまうだろう。

定刻五分前行動を旨としている篤臣だけに、もうとっくにレストランに到着し、江南を待っているかもしれない。

江南とて、自分が誘ったときくらいは早めに行って待っているつもりで、猛然と仕事を片づけたのだが、医局を出ようとする寸前に後輩医師につかまってしまい、あれこれ質問に答えていたらすっかり遅くなってしまったのである。

いつもの彼なら、なりふり構わず全速力で待ち合わせ場所へ向かうシチュエーションだ。しかし、今日はいささか事情が違う。

「せやけどなー。遅刻しようと、今日ばっかしは手ぶらっちゅうわけにいかへんのや。とはいえ、もう選んどる暇もあれへん。……こうなったら、とりあえずあそこでええか」

エレベーターから降りた江南はそう呟き、あえて目的地とは逆の方向に歩き出した。

病院棟を出て、駐車場の方角へ向かう。面会時間も終わり、そろそろ車もまばらになってきた広大な駐車場。その手前にあるのは、小さな花屋である。K医科大学開校時からずっと同じ場所で営業しているその花屋は、場所柄、見舞客たちに重宝され、なかなか繁盛しているようだ。

「フラワーショップ九条《くじょう》」とペンキで書かれたシャッターは半分以上下ろしてあったが、江南はまったく躊躇せず、シャッターを潜《くぐ》って店内に入った。

店を経営しているのは初老の夫婦で、妻のほうは昨年、重症の胃潰瘍《いかいよう》を患い、しばらく江南の患者だった。退院後も、医局や病棟に花を差し入れてくれている。

夫婦共に気心が知れているので、閉店後でもなんとか我が儘を聞いてもらおうと江南は思ったのだ。

しかし、店に入り込んだ彼は、あれっと小さな声を上げ、目を見張った。

花入れを隅に寄せ、コンクリートの床をモップで掃除していたのは、江南の知っている夫婦ではなく、やたら長身、しかもアッシュブロンドの長い髪をうなじで結んだ若い男だった。

一応エプロンはつけているものの、着ているものは黒いロングTシャツとあちこち破れ、色あせたスリムジーンズだ。指には、ごついシルバーのリングが鈍く光っている。

「あ、すいません。今日はもう終わりなんですけど……」

いかにもロックミュージックをやっている感じの青年は、一見怖そうな外見に似合わず、丁寧な口調でそう言った。よく見れば髪型こそワイルドだが、人のよさそうな顔をしている。

江南は、青年の外見と言動のアンバランスにいささか躊躇いながら問いかけた。

「あー……すまん。今日、いつものおっちゃんとおばちゃんは？」

するとと青年は、申し訳なさそうに答えた。

「すみません、両親はちょっと用事で出かけてまして」

「両親て、もしかして」

「息子《むすこ》です。久しぶりに帰省したら、後かたづけを押しつけられてしまいました」

青年は情けなく眉尻を下げて笑う。江南は困り顔で両手を合わせ、青年を拝むように見た。

「あちゃー……。参ったな。なあ、店閉めてからで悪いねんけど、頼みがあんねん。どうにか、助けたってくれへんか？」

青年は戸惑いつつも、曖昧に頷く。

「僕はただの素人ですけど、お役に立てることでしたら」

「立てる立てる！　少なくとも、俺よりはマシなもんが作れるはずや。実はな……」

江南のリクエストを目を丸くして聞いていた青年は、やがて少し困り気味の笑顔で、曖昧に頷いた。

「わかりました。ご希望に応《こた》えられる自信はないんで、お代は両親が帰ってきたら決めてもらうことにします。お支払いは後日ってことでよろしければ」

「もちろんかめへん。絶対踏み倒したりはせえへんから、安心せえ！　……あ、けど、ちょっと急ぐねん。俺も手伝うし、できるだけ早う頼むわ」

江南は満面の笑みで胸を叩き、みずからもジャケットを脱ぎ捨て、ワイシャツの袖《そで》をまくり上げた……。

一方、篤臣は、江南の予測どおり、待ち合わせ時刻五分前に店に到着していた。

そのレストランでは、二人は決まってカウンター席に座る。そこからは調理場が広く見渡せ、料理人たちが忙しく立ち働きながら、見事なスピードで料理を仕上げていくのをつぶさに見ることができるのだ。

彼らの動きはサーカスのようにスリリングで、そのくせ極めて合理的で無駄がなく、しかも皆、とても楽しそうだ。自分も料理をする篤臣だけでなく、江南にとっても面白いらしく、二人共がお気に入りの、いわば指定席のようなものである。店のほうでもそれを心得ていて、今では何も言わなくてもカウンター席を用意してくれる。

ところが、今夜に限って、マネージャーが篤臣を案内したのは個室だった。

店の奥にある小さなその部屋には、窓がない。代わりに、白塗りの壁が一部いびつな形に窪《くぼ》んでおり、そこにささやかな花とキャンドルが置かれていた。

二人掛けのテーブルと椅子を二脚入れると、それでいっぱいになってしまうような、まさに隠れ家気分を満喫できる設えだ。

「あれ？　今日はカウンター席、空いてないんですか？」

思わず問いかけた篤臣に、中年のマネージャーは、にっこり笑って慇懃に答えた。

「ご予約いただいたときに、江南先生が個室をご指定でしたので」

「江南が？」

「はい。今日だけは絶対に個室だと」

「今日……だけ？」

「あと先刻、少し遅れそうだとのお電話もいただきました。きっと先に永福先生がお越しになるだろうから、お待ちいただく間、美味しいカクテルをお出しするようにとも」

「！」

「では、すぐにお飲み物をお持ちしますので、どうぞごゆっくり」

面食らって言葉が出ない篤臣にニッコリ笑いかけ、常にクールなマネージャーは立ち去ってしまった。

「また、何を企んでるんだ、江南の奴……。急に外で飯食おうって言い出したときから、何かおかしいとは思ってたけど」

篤臣は不気味そうに顔を顰《しか》め、それでも仕方なく椅子を引いて腰を下ろした。

「……でも、確かに落ち着くな、この部屋」

ぶ厚い板の表面を荒く削って仕上げた無骨なテーブルと、あえてクッションを置かない木製の椅子は、まるでヨーロッパの田舎《いなか》家にある家具のようで、不思議とくつろいだ気分になれる。そういえば、壁のニッチに置かれたキャンドルも中世修道院にあるようなものだし、花を生けた緑がかったガラス瓶も、昔のインク壺《つぼ》っぽく見える。

天井から吊り下げられた照明もランプ風の形状で、放つ光は黄色みを帯びてやわらかい。カウンター席のほうはいかにも現代的な、モノクロのスタイリッシュな内装なので、まさか同じ店にこんなクラシックな空間があることなど、篤臣はこれまで知らなかった。

(江南の奴、なんでこの店にこんな場所があることを知ってたんだろ。もしかして、俺以外の誰かとも、ここに来てんのかな……)

そんな疑念が生じると同時に、篤臣の眉間に浅い縦皺が刻まれる。

(いや、昔ならともかく、今のあいつがそんなことするわけない。でも……だったら、どうして?)

そんな疑惑が胸に広がり、篤臣の心と見事に直結した顔に不安げな表情が浮かんだとき……軽いノックの音がして、扉が開いた。

よりにもよってこんな気分のときに江南が……と、篤臣は身を固くする。だが、入ってきたのは、小さなトレイを持った若いギャルソンだった。いつもカウンターで接客している、二人とも親しい人物だ。さっき来たマネージャーよりは、ずいぶんと気安い相手である。

「いらっしゃいませ、永福先生。これ、江南先生から先にお出しするように言われてた、苺《いちご》とシャンパンのカクテルです。軽くて食前酒にはぴったりですよ」

愛想よく説明しながら、ギャルソンは繊細なシャンパングラスを篤臣の前に置いた。おそらく、苺のピューレをシャンパンで割ったものなのだろう。グラスの中身は、どちらかといえば女の子が喜びそうな、優しいピンク色をしていた。

（……なんだよ、これ。こんなの、誰と来たときに頼んだんだよ。ってか、あいつが飲んだんじゃなくて、こういのうはきっと、相手に頼んでやったんだよな。しかも女の子相手だよな、絶対。……ってか、誰だよ、その相手って！　あいつ、仕事で家に帰れないとか言っといて、こんなとこで俺の知らない誰かと飯食ったりしてんのか？）

そのカクテルを見て、篤臣の胸はさらにざわめく。思わず、ギャルソン相手に尖った声が出た。

「俺……こんなの、二人で来たとき飲んだことない」

するとギャルソンは、屈託のない笑顔で頷いた。

「ですよね。たぶん、江南先生も召し上がったことないんじゃないかな。……そういえば今日って、何か特別な日なんですか？　記念日とか」

そう問われて、篤臣はギョッとした。別に自分たちがカップルだという事実を隠すつもりもないが、わざわざ誰彼構わず明言するようなことでもない。江南が余計なことを言ったのかと思ったが、ギャルソンのほうに他意はなかったらしい。あっさりした口調でこう続けた。

「いや、江南先生からのご予約の電話、僕が伺ったんですよ。いつもなら日時しかおっしゃらないのに、個室指定だったんで。さっきのお電話でも食前のカクテルをオーダーされたり、なんだかやけに気合い入ってるなと思って」

「……べ……つに、何もないと思うけど」

「そうなんですか？　どちらかのお誕生日とかなら、是非ともお祝いさせていただこうと思ってますから、遠慮なくおっしゃってくださいよ？」

「いや、全然誕生日じゃない。記念日……でもない、と思う。たぶん。……ていうか、こんなカクテル、どうしてあいつ、知ってるんだろう。あいつの好みは辛口の酒だから、こういうの、知らないはずなのに」

どこか不満げな篤臣の声に、ギャルソンは秘密を明かすような小声で肩を竦めた。

「あー……それは、たぶんアレですよ。あの方にお聞きになったんじゃないかな」

「アレ？　あの方って、どこの誰だよ？」

篤臣は怪訝そうに追及する。するとギャルソンの口から出たのは、思いがけない人物の名だった。

「ええと、楢崎先生？　あの眼鏡かけてて、矢鱈《やたら》に格好いい……確か、内科の先生でしたっけ」

「楢崎？　あいつもここに来てるのか？」

驚く篤臣に、ギャルソンはあっさり頷く。

「はい。江南先生のご紹介で、楢崎先生にも最近では贔屓《ひいき》にしていただいているんですよ。皆さん、同期でいらっしゃるんだそうですね」

ギャルソンのそんな一言に、篤臣はハッとした。

「楢崎も？　あ……そ、そっか。あいつ、絶対女の子と来るんだろ、ここ」

「はい。楢崎先生は、いつもこの個室をご指定で。いらっしゃるたびに違う綺麗な女性と……あ、いいえ、これは個人情報でした。すいません、聞かなかったことに」

「わかってる」

篤臣は苦笑いで頷く。ギャルソンは、悪びれない笑顔でこう言った。

「ありがとうございます。……で、江南先生、楢崎先生からこの個室のことも、お勧めカクテルのこともお聞きになったんじゃないですかね。このカクテル、楢崎先生がいつも店に来るなり、いの一番に女の人に振る舞うものなんで。実際、うちのバーテンダーの自信作で、お勧めなんですよ。色も可愛いし、女の子の気持ちを摑むにはぴったりですよね」

「そ、そう、なの、か」

篤臣の「そうなのか」は、江南が楢崎から情報を得ていたことだったのだが、ギャルソンは、カクテルの話だと思ったらしい。

「ええ、苺とシャンパンに、ほんの少しレモンジュースを入れて味を引きしめるのがポイントだそうで。温くならないうちに召し上がってくださいね。じゃ、失礼します」

そんなふうにカクテルの説明をすると、ギャルソンは砕けた笑顔を残して個室を出ていった。再び重厚な木製の扉が閉められ、室内は静かになる。

「……俺……何考えてたんだろ」

一人になるなり、篤臣は思わずテーブルに突っ伏した。自己嫌悪で頭がクラクラして、羞恥で頬が熱くなる。

江南の、ときに一途《いちず》すぎて戸惑うほどの愛情を疑ったことはないのに、こんな小さくだらないことで猜疑心《さいぎしん》にかられ、嫉妬《しっと》した自分に驚き、呆れる。

「俺ってこんなだっけ……。つか、俺は、こんなにあいつが好きなんだなあ……」

人生のパートナーと定めた相手なのだから、最大限の愛情を抱いているのは当たり前だ。とはいえ、自分の中にあるその愛情が、これほど子供っぽい感情まで引っ張り出してしまったことに、篤臣は戸惑うしかなかった。

「……ったく。今日が何かの記念日だなんて、俺は聞いてないぞ。あいつのことだから、また何か勝手に記念日を制定してるんじゃないだろうな。初キスだの、初デートだの……ああもう、どうでもいい。あいつが来ればわかることだし！」

篤臣はゆっくりと起き上がり、気持ちを落ち着かせるためにシャンパングラスに口をつけてみた。

想像したとおりの味だ。

苺の甘さと、それを引きしめるレモンの酸味と、上質なシャンパンの香気に繊細な泡。爽《さわ》やかで軽い味わいとほどよい冷たさとアルコールが、篤臣の気持ちを少し穏やかにしてくれた。

「旨いな、このカクテル……」

ギャルソンがカクテルのお供にと置いていったのは、真っ白い皿に六つ、ピラミッド型に積み上げられたごく小さなシューだった。口に放り込んでみると、中にはこれまた驚くほど軽く仕上げたフォアグラのムースが詰まっている。フィリングの温かさと適度な塩気は、冷たくて甘いカクテルと心地よいコントラストを成していた。

「このシューも……悔しいけど、家じゃ作れない味だよな」

一つ、もう一つと口に放り込み、カクテルを飲むうち、だんだん篤臣の気分も上向いてきた。

なんの記念日だか、もう知ったことではない。江南が自分とゆっくり食事を楽しもうと思いついたのだ、この際、一緒になって楽しめばいい……まさに、半分開き直りでそんな気分になったとき、勢いよく個室の扉が開いた。

半ば反射的にテーブルにグラスを戻して立ち上がった篤臣が、来訪者の顔を見よう……とするより一瞬早く、彼の鼻先には巨大な何かが突きつけられた。

「うぷっ！　……な、な、なんだ……⁉」

視界を埋め尽くす鮮やかな赤やピンクや白、そして鼻をくすぐる独特の甘い香り。

狼狽《うろた》えつつも、それが花束だということはすぐにわかった篤臣は、荒々しく払いのけることはせず、代わりに自分が小さく一歩後退した。

「遅うなってすまん。これ、ささやかやけど、祝いの品や。おめでとうさん」

花束の向こうで笑っているのは、言うまでもなく江南である。

「……⁉」

江南の言葉にさらに戸惑いつつも、篤臣は従順に花束を受け取った。驚くほど大きく、ズッシリ重い花束だ。しかも、フラワーアレンジメントにはさほど詳しくない篤臣でも呆れるほど無秩序な取り合わせの花である。種類も色も滅茶苦茶で、バランスが悪い……というより、もはやカオスである。

「な……なんだよこれ。つか、これ、俺に？　祝いって？」

唖然としながら質問を連発する篤臣に、江南はやや不服そうに言い返した。

「祝いやないか。美卯さんがメールで教えてくれたで。今朝、鑑定医の仲間入りをしてんやろ？　ホンマにお前は、大事なことは俺に言わんやっちゃ」

「あ……」

そこでようやく、篤臣の頭の中ですべてが繋がった。

江南がいきなり食事に誘った理由も、職場を出る間際、美卯がやけに悪戯っぽい目つきで「今日はデートでしょ？　楽しんでらっしゃい」と言った理由も、江南がわざわざ個室を指定して、いささかロマンチックすぎるカクテルをオーダーしておいてくれた理由も……そして今、こうして巨大な花束をくれた理由も。

電車のように綺麗に連結したそれらのことがらが辿り着いた先は、篤臣の涙腺《るいせん》だった。

「な……なんだよ……」

今、この小さな部屋の中にあるものすべてを、江南が自分のために用意してくれたのだと知った瞬間、篤臣の視界はジワジワと滲み、鼻の奥がツンとしてくる。

「マジでなんだよ……。こんなこと、してっ」

こんなところで泣くのはみっともないと思っても、喜びの涙は我慢できない。本人の意志に反して、大粒の涙が篤臣の右目からこぼれ落ちた。

予想以上の反応に、江南のほうも狼狽《ろうばい》した様子で、篤臣の肩に手をかけた。

「お、おいおい、どないしてん。別に泣くほどのことやあれへんやろ。ちゅーか、なんで泣くねん。その反応は想定してへんかったから、俺、どうしたらええかわからんやないか」

「だって……」

「だって、なんや」

江南が自分の顔を覗き込もうとするのに、篤臣はギュッと目をつぶって涙をこれ以上こぼさないようにした。そして、花束を両手で抱えたまま、ボソボソと答える。

「だって、別に資格試験を受けたとかじゃないのに。鑑定医なんて、普通に法医学者やってれば、そのうちなれるもんなんだぞ。なのに……こんなことで、こんな大袈裟なお祝いをす

るなんて……ありえないだろ！」

感謝しているやら不服を言っているやらわからない篤臣の言葉に、江南はカラリと破顔した。

「アホ。大袈裟なことがあるかい。お前が悩んで苦しんで、ホンマの意味で、法医の道で生きていくて腹を括《くく》った記念日やないかい。アメリカ行ったせいで遅れた事実もあるやろし、俺は本気で祝いたいねん。俺にとってもお前にとっても、一生に一度の大事な日やぞ」

「そ、それはそうだけど……。けど、なんなんだよこの花束。やたらでかいけど、入ってる花は種類が多すぎて妙にごちゃごちゃしてるし、長さも揃ってないし、なんだかちょっとおかしいぞ」

シャツの袖で涙を拭きながら文句を言う篤臣に、江南はますます可笑しそうに笑った。

「それな、さっき病院前の花屋に行ったら、店主夫婦が出かけてしもてて、息子が一人で留守番しとったんや」

「へ？　あの店、何度か行ったことがあるけど、息子なんかいたっけ？」

「なんや、ミュージシャンらしいで。こーんな長い髪の毛しとった。たまさか帰省したら、留守番と片づけを押しつけられたらしい」

「へ……へえ……って、それじゃ、ただの素人じゃねえか、その息子さんって」

呆れ顔の篤臣とは対照的に、江南はむしろ得意げに胸を張った。

「せやねん。この花束、そいつと俺と二人で、寄って集《たか》って作ったんやぞ。素人二人の仕事にしては、上出来やろ」

「いや、上出来とかそういうことじゃなくて……。だ、大丈夫なのかよ、店のご主人が留守のときに、そんなことして。これ、よく見るとけっこう高そうな花ばっか入ってるぞ？」

「支払いは、店のオッサンがいるときにする約束や。心配要らん。……なんでそないに、泣きながらふくれっ面しとるねん。俺に祝われるんは、そないに嫌やったか？」

篤臣の一連のむしろ不機嫌なリアクションは、本当に欠片も予想していないものだったのだろう。江南は心底心配そうに、篤臣の顔を覗き込む。篤臣は、ブンブンと首を横に振った。

「違う。そうじゃない……そうじゃないけど……」

「けど、なんや？」

「ひたすらもったいない」

「もったいない？」

「お前、俺のこと甘やかしすぎ。俺、何も言ってないのに、わざわざこんな特別なことしてくれて。だってもう……せっかくお気に入りの店に来たのに、こんなんじゃ飯食えないだろ、胸がいっぱいすぎて。もったいないよ！」

「……篤臣」

大きくカーブして胸にストンと落ちてくるような篤臣の感謝の言葉に、江南の顔に再び笑みが広がっていく。

「大丈夫や。落ち着いたら食えるようになる。……あらためて、鑑定医就任、おめでとうさん」

そう言って江南は花束を取り上げ、テーブルに置いた。二人を遮るものが何もなくなった状態で緩く抱かれ、祝福の言葉を囁かれて、篤臣は小さな声で応える。

「……がと……」

ハッキリした声を出すと、また涙がこぼれそうで、たまらなかったのだ。それでも感謝の気持ちを伝えたくて、篤臣は言葉の代わりに、おずおずと江南の背中に腕を回す。

さっきのギャルソンが再び個室の扉をノックするまで、二人はそのまま互いの体温を感じながら、じっと抱き合っていた……。


「マジで食えないと思ってたのになあ……って、前にも同じこと言った気がするけど、うう、まだ腹が苦しい」

帰宅するなりボスッとベッドに勢いよく寝転がり、篤臣は満足げな溜め息をついた。その傍らに腰を下ろし、江南も篤臣の腹をペチンと叩いてみせる。

「ホンマやで。胸いっぱいで飯食われへんとか言うといて、いざ食い始めたらぺろっと完食しとったやないか。俺がギブアップしたデザートまで片づけたりするから、そないに苦しゅうなるんや」

「……だって旨かったんだから、仕方ねえだろ。デザートだって、残すのもったいなかったし」

「まあ、俺も残すん嫌いやから、お前が平らげてくれて助かったけどな。せやけど、大丈夫か？　気分悪うなったりしてへんな？」

さすがに心配そうにする江南に、篤臣は少し眠そうな顔で笑った。

「いい年して、吐くほど食うわけねえだろ。全然許容範囲内だ。……とはいえ、久しぶりだったよ、あんなドカ飯食ったの。お前、張りきっていちばん高いコースなんか頼むから」

「せやかて、大事な記念日やからな。……しかしアレか。あの店のコースは、値段が上がると皿数があないに増えるんか」

「普通そうだろ。食材がよくなるってこともあるんだろうけどさ。……はー、でも旨かった。幸せだった。……マジでありがとな、江南」

寝転がったまま、篤臣は江南のワイシャツの腕に触れた。江南も、もう一方の手を篤臣の手に重ねる。

「どういたしまして。……なんや、安心したわ」

「へ？」

「お前はいっつも俺を喜ばせてくれるけど、俺、気配りとか相手の気持ちを慮るとか、まだまだ苦手やからな。正直、お前が鑑定医になるっちゅう話聞いてから、どんなふうに祝うか、ずっと考えとったんや」

「そう……なのか？」

篤臣は意外そうに目を見張り、それからしばらく視線を白い天井に彷徨わせ……そして、「あ」と何かに思い当たったらしき表情になった。

「もしかして、ここしばらくお前が妙な質問ばっかかしてたのって、そのせい？　ほら、『お前、今の趣味いうたらなんや？』とか、『人生の最後に食うんやったら何頼む？』とか」

「せやせや。ちょっとでも、お前の……なんていうんや、嗜好《しこう》？　そういうんを摑んで、就任祝いの食事やらプレゼントやら、検討しようと思うてな。健気やろ、俺」

「健気っていうより、遠回しすぎて、俺、若干不気味に思ってたんだぞ。学生時代からのつきあいなのに、今さら趣味とか訊かれてさ。……つか、訊かれてみたら、俺、趣味らしい趣味ないし、こんなことでいいのかなーって自己嫌悪しちゃったりしてさ」

「俺の趣味は、終始一貫してお前やで！」

「はいはい。そんなのは、聞くまでもなくわかってるっつの」

篤臣は、可笑しそうにクスクスと笑う。その笑顔の子供のような屈託なさに誘われ、江南はベッドに手をつき、上体を屈めて、篤臣にキスをした。

もうずっとベッドを共にしているのに、いつまで経っても恥ずかしがり屋の篤臣は、明るい部屋でキスをすると決まって照れまくる。

だが今夜は、酔いも手伝ってか、篤臣はごく自然に江南のキスに応えた。緩く舌を絡め、唇を離すついでに、じゃれるように江南の唇を舌先でぺろんと舐める。

そんな猫めいた珍しい仕草に、江南は目を細めた。いつもは刃物のように鋭い切れ長の目が、今は面白そうに、そして愛おしげに和んでいる。本人は知ってか知らずか、そういう眼差しをしているときの江南には、けぶるような色気がある。

「俺の唇、そないに旨かったか？」

鼻の頭が触れるほどの至近距離で低く問われて、篤臣はアルコールのせいでほんのり上気した顔を、さらに赤らめた。

「べ……別に、なんの味もしなかったけどっ」

「そうか？　お前の唇は、えらい甘かったけどな。今初めて、さっき出たデザートの味がわかった」

「……そんなわけ、ねえだろ！」

「あるある。ええとなんやったっけ、パンナコッタに、リコリス風味のなんとか。リコリスってなんか知らんけど、確かにそれっぽい味、したした！」

「いい加減なこと言いやがって。絶対嘘だ」

「ホンマやて。……ほな、もっぺん確認」

「……ん……っ」

江南は調子に乗ってもう一度キスしてみたが、やはり篤臣は、いつものように「いい加減にしろ」と怒り出しはしなかった。言葉の代わりに、篤臣の手が妙に優しく江南のうなじに回される。

「なんや、今日はえらい心が広いな」

「うるせえ。いつもの俺が心狭いみたいなこと言うな」

そう言うと、篤臣は少し悔しそうに、江南のうなじに回した手に力を込めた。その手に抗《あらが》うことなく、江南は篤臣の傍らにごろりと横たわる。

「だらしなく寝てんな。腹ごなし……するんだろ」

篤臣はそう言って江南から手を離すと、同じ手で江南の高い鼻をギュッと摘んだ。篤臣の誘いに気づかないほど朴念仁《ぼくねんじん》ではない江南だが、それでも珍しく少し躊躇いながら、江南は篤臣の手を自分の鼻から外し、強く握り返す。

「そら嬉しい誘いやけど……ええんか？　食いすぎて苦しいんやろ？」

「ばーか。許容範囲内っつったろ。つか、お前が無茶しなきゃいいだけの話だ。だいたい、今日は全部、俺のためのお祝いなんだろ？」

「そうや」

並んで寝転がったまま、江南は篤臣のまだ少し熱い頬を指先で探るように撫でる。篤臣は、照れくさそうに少し潤んだ目で言った。

「だったら、最後まで俺を甘やかせよ。たまには、お前に甘えっ放しで寝オチしてみたい」

いかにも篤臣らしい朴訥《ぼくとつ》なおねだりに、江南の顔がとろけそうに緩む。

「ええよ。お前がもうやめてくれっちゅうほど、こってり甘やかしたろ。せやな、祝いのラストは、きっちり飾らんとな」

そう言うと、江南はごろんと寝返りを打ち、篤臣に覆い被《かぶ》さった。

「……重い。飯食ったあとだから、今日はひときわ重い」

照れ隠しのそんな悪態を気にも留めず、江南は両手で篤臣のやわらかな髪を後ろに撫でつけた。いつもは隠している白い額が露わになる。

その額にキスを落とし、江南はニヤッと笑った。

「俺の愛の重さは、こないなもんと違うで」

「……ッ」

言葉と共に腿に押しつけられた江南の股間は、すでに布越しでも明らかな熱を帯びている。

言葉よりはるかに雄弁な肉体の主張に、篤臣の顔はますます赤くなった。

「やる気すぎるだろ」

「珍しくお前からお誘いをもろてんのに、速攻でスタンバイできへんかったら俺違うやろ。……とと、今日はお前を甘やかす日やねんから、まずは消灯からやな。俺的にはもったいないけど」

そう言いながら、江南は身軽にベッドから降り、寝室の灯りを消した。そうは言っても、枕元の小さなスタンドは点けたままなので、真っ暗にはならない。

その間に、篤臣は身を起こすと律儀にベッドの真ん中あたりに移動し、服を脱ごうとした。だが、戻ってきた江南にあっという間に組み伏せられてしまう。

「おい、ガツガツしてんなよ。ちゃんと自分で脱ぐか……」

「アカン」

短く言って、江南は片腕に引っかかった篤臣のジャケットを引き抜き、ニヤリと笑った。

「お前を甘やかす夜なんやろ？　せやったら、脱がすんも俺に任せとけや」

「んなことまでしてくれとは、言ってねえ！」

「言われんでもするんが、気配りっちゅうやっちゃ」

減らず口では篤臣より一枚も二枚も上手の江南である。ポンポンとテンポよく言い返しながら、篤臣のシャツのボタンを手際よく外していく。

すると、恥ずかしそうにしつつもされるがままだった篤臣は、いささか不満げに、自分の腰を両膝で挟みつけている江南の顔を睨んだ。

「なんや？　上手いこと脱がしてるやろ？　安心せえ、シャツ破くような狼藉はせえへんぞ」

「……その手際のよさが、なんか腹立つ」

「は？　いっつも、服が傷む言うて怒るやないか、お前。せやから丁寧に……」

いささか困惑しつつも、江南は篤臣のシャツの前をはだけ、滑らかな肌を露わにする。篤臣は、どこか子供のように口を尖らせて言い返した。

「だから！　なんか手慣れてる感じがして、イラッとするだろ。俺の他に、誰でこんなこと練習したんだよって」

イタリアンレストランに続く迂闊なヤキモチ第二弾なのだが、江南にとっては青天の霹靂《へきれき》である。呆気にとられて目をパチクリさせた彼だったが、それが篤臣の嫉妬と気づくなり、その表情は、新しい玩具をもらった子供のそれに変わっていく。

「あんなあ、篤臣。俺は誰もが認める、嫁一筋の男やぞ？　浮気なんぞするわけが……」

「だから、浮気じゃなくてもさ。過去に、こういうことしてやった奴がいるんだなって。もちろん、一人は誰か知ってるわけだけど、でも他にも俺の知らない相手が、お前にはいっぱいいいたんだろうなって思うと、悲しいっていうか、悔しいっていうか……」

「…………」

絶句する江南の様子に、篤臣は自分がとんでもなく狭量なことを口にしているのに気づき、恥じらいのあまり片腕で顔を隠した。

「ああもう、俺何言ってんだ。忘れてくれ。俺、今夜は全般的にちょっと変なんだ」

「ホンマに変やな。……お前を甘やかす夜やのに、お前が俺を甘やかしてどないすんねん」

江南の声は、虎が喉を鳴らすようにご機嫌だ。彼は篤臣の腕を優しくどけて、恥じらいの限界点を越えてむしろ青ざめてきた顔をじっと見下ろした。

「や……やめろって。見るなよ。だいたい、俺はお前を甘やかしたりしてねえ」

「しとるしとる。俺の過去にヤキモチ焼くとか、可愛すぎるやろ、お前。まさか悪酔いしてへんな？　いきなりそないなこと言い出すなんて」

もはや有頂天の口調でそんなことを言いながらも、江南の手は休まない。篤臣のチノパンの前をくつろげ、さくさくと両脚から引き抜いてしまう。なんとなくいつもの癖で、両脚を軽く上げ、協力してしまいながら、篤臣は悔しそうに顔を背け、言い返した。

「確かにまだちょっとは酔ってるけど、悪酔いじゃない！　つーか、ヤキモチとかそういう問題じゃ……」

「どう考えてもヤキモチやろが。……いや、すまん。お前、過去の俺を知っとるからな。心配されても、勘ぐられても、それはしゃーないと思てる」

「江南……」

突然真剣になった江南の声に、篤臣はおずおずと視線を戻す。声と同じくらい真剣な声で、けれど今度はテキパキと自分が服を脱ぎながら、江南は言った。

「過去は消されへんからな。さんざんアホやってすまんかったとしか言い様があれへん。せやけど、お前と一緒になってからは、他の奴に心が動いたことはいっぺんもあれへん」

「……うん。それは……ちゃんとわかってる」

篤臣は、惜しげもなく露わになっていく江南の引きしまった身体を見ながら、小さく頷いた。ライトの弱々しい光が、江南の筋肉のシルエットを複雑な陰影で浮かび上がらせ、まるで美しい彫像のように見える。

シャツどころか、面倒になったのかすべてを一気に脱ぎ捨てて潔すぎる全裸になった江南は、ゆっくりと篤臣に覆い被さった。

「……ふ……っ」

普段、がっついていることが多い江南だが、今夜は本当に「篤臣を甘やかす」つもりらしい。驚くほどしっとりしたキスをして、ゆっくり唇を離す。酔いのせいで、トロンとした目で見上げてくる篤臣を見つめ返してから、江南は笑いの滲んだ声で囁いた。

「ほんでな。誤解がないように駄目押しで言うとくけど、俺が人様の服を脱がすん上手にならたんは、別にこういう色っぽい経験を積んだからやないで。……外科におるとな。特に当直のときとかは、運ばれてきた患者の服、テキパキ脱がさなあかんことがあんねん。それで慣れてもうただけや」

「……あ……」

手際のよさの真相を知り、篤臣の顔は一瞬ポカンとし、そのあと、安堵と羞恥が同時に押し寄せたのだろう、どう形容していいかわからない、奇妙な歪み方をする。

「あ……俺、なんかもうマジで……今すぐ穴掘って埋まりたい」

「穴なんか掘らんでも、俺の身体で覆い隠したる」

きっぱりそう言い、江南は篤臣のほっそりした腰を強く抱く。篤臣も、江南の厚い胸板に額をつけた。

「そうしてくれ。でないと俺、恥ずかしくて死にそう」

「よっしゃ。……ちゅうか、今日は最後までしてもても平気か？」

「……訊くな、馬鹿」

消え入るような声で答える篤臣の吐息が、江南の胸を熱く湿らせる。

「わかった」

短くいらえると、江南は篤臣を抱いたまま、深いキスを仕掛けた……。


しまった……と、少し前の自分の発言を後悔するのは、これで何度目だろうか。

迂闊に口にしてしまった「甘やかしてくれ」という言葉は、素手でも凶暴な兵士に、機関銃を与えてしまったようなものだ。

（まったく、どうしてこんな特大の墓穴を掘ってしまったものやら……）

息を弾ませ、自分ではもはや抑えることのできない喘ぎ声を切れ切れに漏らしながら、篤臣はぼんやりとそんなことを考えた。

江南の「篤臣を甘やかす抱き方」は、仕事に対する徹底ぶりと同様、容赦も妥協もなかった。

互いの舌が入れ替わるのではないかと思うくらいキスを重ねながら、江南は外科医独特の繊細な、けれど手洗いで荒れた指先で、篤臣の全身に触れ、口づけた。

これまでの経験で、篤臣の感じるところは知り尽くした江南である。花芯に与えられる直裁的な刺激と同時に、もどかしいような愛撫を指と舌で延々と施され、篤臣はひたすら翻弄《ほんろう》された。

何度も達しそうになるのを寸前で止められ、ゆるゆると絶頂の手前ではぐらかされる。それはもはや、「甘やかし」ではなく、軽い拷問のような経験だった。

「も……もう、いい、から……ッ」

ついにたまりかねた篤臣は、後ろを探る江南の手を制止すべく、腕を摑んだ。江南は、少し意地悪な笑みを浮かべ、篤臣の目尻にキスする。いつの間にか滲んでいた涙を唇で優しく拭《ぬぐ》われ、篤臣は酸欠の金魚のように唇を震わせた。

「どないしたんや。もう、甘やかされ足りたんか?」

「もう……苦しっ……、からっ……」

哀願するように、篤臣は訴える。

その言葉が嘘でない証拠に、篤臣の花芯は硬く張りつめ、澄んだ雫《しずく》を滲ませている。糸を引いて削《そ》げた腹に滴ったものが汗に混じり、篤臣の白い肌はぬめるような輝きを帯びていた。

「正直……俺も、そろそろきつい。お前のええ顔見とるだけで、けっこうくるねんで。何もせんうちにイってもうたら、さすがに恥ずかしいし。……な？」

「……んっ、ぅ」

江南は、時間をかけて念入りにほぐした篤臣の後ろから指を引き抜いた。そして、篤臣の手を自身の熱に導く。それは触れられていないにもかかわらず怒張し、江南が抑え込んでいる衝動を雄弁に篤臣に伝えた。

「あ、つ……い」

思わず、そんな呟きが篤臣の口から漏れる。

それでも江南は篤臣の耳に口を寄せ、欲望に掠れた声で囁いた。

「ほんなら、挿《い》れるほうが、お前にとっては甘やかしになるんか？」

「………っ」

篤臣は、熱に浮かされたようにこくこくと頷く。

イくにイけず、もっと強く、もっと熱いものを求めて自分の身体が疼くのがわかる。そんなはずはないのに、身体の奥底に虚《うつ》ろな場所があり、そこを埋められるのは世界にただ一人、江南だけだとわかっている。

それでも、挿れてくれと自分で懇願することはシャイな篤臣には耐えられず、かといって体内に渦巻く熱と、江南を求めてひくつく後ろを、自分ではどうすることもできない。

「もう、イかせろ……よっ！」

絞り出すように訴える篤臣の声は、喘ぎ疲れてもはや力ない。

「……ええよ」

満足げに頷き、江南は篤臣のすらりとした両脚を肩に担ぎ上げた。みずからの猛《たけ》り立ったものの先端を押し当てると、篤臣のそこがいつもよりずっとやわらかく、まるで江南を引き込もうとするように蠢《うごめ》く。

その妖《あや》しい動きに誘われるように、江南はゆっくりと篤臣の中へと楔を打ち込んだ。

「あ……っ……！」

体重をかけてゆっくりと貫かれ、篤臣の背中がしなやかに反り返る。わななく唇からは、苦痛ではなく、求めていたものを与えられた安堵の息が漏れた。

もう、どこにも虚無はない。身体じゅうが江南に満たされ、ずっと持て余し続けていた欲望は、江南の濁流のような熱に飲み込まれていく。

「え……な、み」

譫言《うわごと》のように江南の名を呼びながら、篤臣は半ば無意識に、不自由な体勢で江南にしがみつこうとした。もっと深く、もっと激しく、江南を感じたい。言葉にはできないそんな願いが、江南の肩にすがる指に込められている。

「辛《つら》ぁないか?」

訊ねる江南の声が、いつもより優しいのに気づき、篤臣は涙に滲む目を凝らした。

愛おしげに笑う江南の顔は、どこか苦しげだった。篤臣の負担を思いやり、激しく抱いてしまいたいのをグッと堪えていることが、その表情からわかる。まして篤臣の身体の中では、江南の熱がドクドクと脈打ち、息苦しくなるほどその存在を主張しているのだ。

「だいじょぶ……だから。……んっ」

動け、と言い出せない篤臣は、みずから腰を揺らす。その微妙な動きに、不意打ちを喰らった江南が呻いた。

「くッ……、お、お前、俺にとてつもない恥かかす気か。挿れて三十秒でイかされてもうたら、俺は再起不能やぞ」

だが篤臣は、両脚を江南の身体に巻きつけ、すでに密着している互いの下半身を、なお近づけようとした。

「ちが……ま……だ、足りない」

もっと、と最後に息だけでねだられた瞬間、江南の表情が変わった。肉食獣が獲物を貪《むさぼ》るような獰猛な笑みを浮かべたかと思うと、いきなりギリギリまで自身を引き抜き、そして叩きつけるように再び貫く。

「あっ！　や、あ、ぁ」

突然始まったリズミカルな抽挿《ちゅうそう》に、篤臣の身体はなすすべもなく揺さぶられる。甲高い声が、突き上げられるたびに勝手にこぼれた。

江南の硬い腹筋に擦られ、挿入のショックで一度は萎《な》えた篤臣のものも、すぐに力を取りもどしていく。

「え……なみっ……、えなみ……」

篤臣の中をいっぱいに満たし、自分では決して触れられない深い場所を擦り上げる江南の切っ先が、過たず篤臣の快楽の源を突く。堪えきれない嬌声の合間に、篤臣は神に赦しを乞《こ》うように江南の名を切れ切れに呼んだ。

「ええか……？」

激しく篤臣を穿《うが》つ江南の呼気も荒い。急速に上りつめていく互いの身体を感じつつ、篤臣はついに素直に頷いた。

「いい……す、ごく……あっ、は、はあ……っ」

「俺もごっつええ……。ちゅうか、そろそろ……終了のお知らせ……やねんけどな……っ」

口調はおどけてみせようとする江南なのだが、声音の切なさに、彼が本気で切羽詰まっているのがわかってしまう。だからこそ、篤臣もてらいなく自分の限界を江南に伝えた。

「いいよ。……っ、俺も、だし……それに……もう、十分すぎる、ほどっ……甘やかされた、から……んっ」

「そらよかった」

心底安堵したように言ったが早いか、一息に達しようとするかのように、江南の動きがさらに激しさを増す。内臓がせり上がるような圧迫感と共に、不思議なほど強い快感が押し寄せ、篤臣は江南の汗ばんだ背中にすがりついた。

「あっ……、は、ん……ああ……ッ！」

「あつ……おみ……っ」

江南にも背骨が折れそうなほど強く抱きしめられ、誓いの文句のように名前を呼ばれるのと同時に、篤臣は、身体の奥深くで江南が激しく脈打ちながら果てるのを感じた。そして、同時にみずからの身体から熱を迸《ほとばし》らせ、グッタリとシーツに身を沈めた……。


「はー。サッパリした」

そんな篤臣の声に、ベッドの中でうつらうつらしていた江南は目を開けた。

綺麗好きな篤臣は、情事のあと、気力体力が残っている限りシャワーを浴びる。そして、きっちりパジャマを着てから、床につくのだ。

今夜も、お気に入りのネル生地のパジャマを着てベッドに戻ってきた篤臣を、江南は眠そうな笑顔で迎え入れた。

「えらい長かったたな。風呂、溜めとったたんか?」

「いや、シャワーだけ。……つか、明日の朝、確かめてる暇ないからさ。お前が見えるところにキスマークつけてないかどうか、確認してたんだよ」

「シャツの襟から出るようなとこには、つけてへんで」

「シャツはともかく、オペ着は襟ぐり深いじゃん。教室で見つかるよか、解剖室で見つかるほうがタチ悪いだろ。……まあ、なかったからいいけど」

そんなことを言いながら、篤臣はベッドに潜り込む。江南と並んで横たわり、篤臣はどこか満ち足りた顔つきで溜め息をついた。

「はー、やっぱシャワー浴びると気持ちいい。お前も、ざっと汗流してくればいいのに」

「……俺はめんどいわ。明日の朝でええ」

「ホント、俺と仕事以外にはものぐさだよな、お前」

そんな本人を目の前にしてののろけとも取れる文句に、江南は喉声で笑った。

「まあな。昔から、興味の赴かんもんには、フットワークが鈍うなるねん。……けど、ことお前に関しては、ホンマにマメやねんで。今かて、本日の甘やかしの一環として、全身ざぶざぶ洗うたろかと思ってんけど」

「断る。断固として断る。そんなもん、甘やかしじゃなくてお前が楽しいだけだろ!」

篤臣は即座に、かつ真顔でその申し出を拒絶する。江南はますます可笑しそうな顔をした。

どうやら、篤臣の反応が予想どおりだったのが嬉しいらしい。

「そう言うと思うたから、自重しといた。せやけどまあ、このくらいは、俺の楽しみも兼ねたいつもの甘やかしっちゅうことで」

そう言いながら、江南の左手が、いつものように篤臣のうなじに差し入れられる。初めてベッドを共にした夜から、江南はたいてい、篤臣に腕枕をして眠りたがるのだ。

江南は左利きなので、腕枕などして、外科医の命である手に負担がかかっては……とかつて篤臣は気を揉んだものだが、当の本人が気にも留めないのでいつの間にか慣らされてしまった。

「いいけど……俺の髪の毛、まだちょっと湿ってるぞ」

「かめへん」

あっさり言って、江南は篤臣を軽く引き寄せた。篤臣も、従順に江南に身を寄せる。

「満足してくれたか?」

江南に問われて、篤臣は湯上がりの顔を上気させた。

「ちょ……お前、何生々しいこと訊いてんだよ」

いきなりの苦言に、数秒怪訝そうにしていた江南は、篤臣の考えていることに思い至ったらしく、顔の右半分だけで器用に笑った。

「アホ。セックスのことだけと違う。今夜の祝いのことや」

「えっ？　……あ」

自分の勘違いに気づき、篤臣の顔がさらに赤くなる。頭頂部から湯気を噴きそうな恥じらい方をしつつ、篤臣は素直に頷いた。

「……うん。満足以上だ」

「ホンマか？」

念を押す江南と目を合わせたまま、篤臣は「ホントだよ」とはにかんだ笑みを浮かべた。

「今朝、城北先生にも、美卯さんにも、鑑定医就任おめでとうって言われた。三時のおやつに、みんなでお祝いのケーキも食べた。……けど、鑑定医になるのなんて、この稼業やってりゃ当たり前のことだから、お前には、家で晩飯でも食いながらさらっと言えばいいやって思ってたんだ、俺」

「……おう」

「だから最初、レストランで高いコースとか、くそでかい花束とか、ちょっと大袈裟すぎてかえって恥ずかしかった。だけど、なんだかやっぱり嬉しいなって」

「ホンマのホンマにか？」

顔を覗き込まれて、篤臣は照れながらもハッキリ頷いた。

「うん。俺やっぱ、心の底ではお前に祝ってほしかったんだなってわかった。俺のいいとこも駄目なとこも全部わかってるお前が祝って……認めてくれれば、俺、鑑定医としてやっていけそうな気がしてさ」

「篤臣……」

「ゴメン。なんか俺、城北先生にも、美卯さんにも、お前にも、おんぶに抱っこだよな、これじゃ。……今回の鑑定医就任の話が出るまでは、俺、もうちょっとくらいは自分がしっかりしてると思ってたんだけど」

まだ少し苦い自己嫌悪の滲んだ声で心情を打ち明ける篤臣の頬を、江南は慰めるように親指の腹で撫でた。

虫垂炎を患ったとき、麻酔の副作用で長らく頭痛に苦しみ、篤臣はゲッソリ痩せてしまった。だが、術創がすっかり塞がったように、当時は可哀想なほどこけていた頬が、今は優しい曲線を取りもどしている。

「お前は、理想が高すぎるんや。なんもかんも、いっぺんにできるようになる奴なんぞおらん」

優しい労《いたわ》りに、篤臣は少し困り顔で曖昧に頷いた。

「それはわかってるんだけど……。でもホント、俺はもっとやれるはずだったのにって、愕然することばっかりでさ。この一ヶ月ほど自分の弱さを痛感したこと、これまでの人生でなかったなあ」

「弱さ？」

「うん。だって、鑑定医にするぞって言われてから一ヶ月も猶予期間をもらったし、何度も解剖を任せてもらったのにさ。いまだに自分が解剖を仕切るとなると、すっげー緊張すんだよ。いや、緊張じゃないな。ビビるんだ。弱虫もいいとこだ」

「それは悪いことやないやろ。ビビるっちゅうんは、緊張感が切れてへん証拠や」

江南の言葉に、篤臣は曖昧に頷く。

「かもな。……けどやっぱ、自信がなくても、堂々としてられるようにならなきゃ。フリでもさ」

「ハッタリは、どっちかいうたら俺の領分やからな。お前は正直者やから、そういうんは下手そうや」

「下手なんだよ。凄く。……しかもさ。未だに、そこそこ自信を持って死因を言えることもあれば、迷っちまって、どうしようって正直途方に暮れることもあるんだ」

「……そらそうやろな」

「そんなとき、つい城北先生や美卯さんに、助けて！　ってサインを目で送っちゃってる自分に気がついて、ああもうって自分が嫌になるよ。俺はもっと、強くならなきゃいけないんだ」

「強く……か」

「うん。難しいけど、自分の判断に自信を持って、でも過信はしないで、根っこは謙虚だけど、戦略としてハッタリも覚えて。……それって、地道に経験を積んでれば、身につくもんだって信じたい」

まるで自分に言い聞かせるようなそんな篤臣の言葉に、江南は目を細めた。その表情を「余裕」と受け取ったのか、篤臣はやや不服そうに声を尖らせる。

「なんだよ。馬鹿っぽいこと言ってると思ってんのか?」

「違う違う」

江南は笑って、篤臣の少し上向いた鼻の頭に音を立ててキスをした。

「じゃあ、なんだよ」

「お前らしいと思たんや。今できへんことでも、こつこつ努力して身につけていこうとするあたりが」

「誰だってそうだろ」

やはり不満げに言い返す篤臣の頬の滑らかさを楽しみながら、江南は幼子に言い聞かせるような口調で諭した。

「まあな。けど、お前は特別に真面目な上に、意外と短気でせっかちな奴やから、『こつこつ』を忘れそうで心配なんや。……せやな。確かに、堂々としとることは大事や。やっぱし、警察やら遺族やらは、お前の人柄を知るほど深いつきあいはせえへん人らやろ。堂々と振る舞って、まずは形から信頼してもらうっちゅうのも必要なスキルや」

「……うん」

外科医として、日夜患者やその家族と接している江南だけに、そうした言葉には重みがある。むくれ気味だった篤臣も、素直に耳を傾けた。

「せやけど、人間、教えてもらえるうちが華やで。そんときは格好悪うても、恥掻いても、教えてくれる人が傍におってくれる間に、なんでも訊け。ケツ拭いてくれる人がおるうちに、思いつく限りの無茶を試せ」

「……う、うん……」

「修業期間をええ子で通そうとすると、一人でやらなあかんようになったとき、ホンマに一歩も動かれへんようになるで。怖いもんなしの期間に、怖いかもしれへんと思うことを、全部やってみるんや。怒られても、笑われても、呆れられても、気にすることはあれへん。……みんなが通る道やて、開き直れ。お前は周りに気ぃ遣うから、ほっといたら遠慮してまうやろ。せやから言うねん。……俺みたいになれとは言わんけど、多少……せやな。せめて俺の百分の一くらい、厚かましゅうなれ」

江南の顔は相変わらず眠そうだが、語る言葉は真摯で、篤臣を思いやる気持ちに満ちている。篤臣も、江南の言葉を嚙みしめるように何度か頷き、しかしふと、いつもの篤臣らしい猫のような目をして言った。

「お前の百分の一、厚かましくか……。ハードル高いな」

「あ？　なんでやねん。百分の一なんか、まだ人並みの範疇《はんちゅう》やろ！」

自分の厚かましさをみずから破格のレベルに持ち上げたことには気づかず、江南はそんな主張を繰り出す。篤臣はクスクス笑った。

「どうだか。美卯さんに、熱でもあるのかって心配されそうだよ、百分の一でも。……けど、ありがとな、江南」

篤臣の声が急に真剣になったので、江南も真顔になる。

「……うん？　なんやねん、藪《やぶ》から棒に」

「祝ってくれたことも、アドバイスしてくれたことも、それから……ああいや、もう全部まとめて、俺の傍にいてくれることにありがとう、だ」

「篤臣……？」

突然の感謝の言葉に、江南は呆気にとられる。だが、篤臣は彼らしい生真面目さで言葉を継いだ。

「お前、俺に何もしてやれないっていつも言うけどさ。そんなことない。俺が躊躇ってるとき、いつだって踏み出す勇気をくれたり、手を引いたりしてくれるのはお前だ。……頑張ってるお前の背中を見てるから、俺も全力で追いかけていける。……だから、ありがとう」

素直な感謝の言葉を最後に繰り返して、篤臣は、頬の上にある江南の手に、自分の手をそっと添える。江南も、少し照れたように不器用な笑みを浮かべた。

「卵と鶏やな」

「え？」

「俺は常々、俺がめいっぱい頑張れるんも、無茶やれるんも、お前が支えてくれてるからやと思うとるし、感謝しとる。……せやし……なんや俺ら、ありがとうがグルグル回ってしもてるな」

そう言われて、篤臣は目を見張り、それから可笑しそうに笑った。

「ホントだな。俺たち、実はけっこういいコンビなのかも」

「かも、とか言うなや。俺らは、世界で一番似合いの夫婦やで」

臆面《おくめん》もなく断言する江南に、篤臣はいつものように呆れ顔になる。しかし篤臣は、ふと思い直したように、こうつけ加えた。

「……そうだな。これまでも、これからもな」

そして、予想外の補足に目を丸くする江南に、してやったりの笑みを浮かべ、感謝を込めて啄《つい》ばむようなキスをした……。

＊　　＊

それから二週間後。

「……………よっし！」

最後のページまでしっかり目を通し、篤臣は知らず知らずのうちに詰めていた息を吐いた。ノートパソコンで時刻を確認すると、午後五時二十分。

昨日から司法解剖が一例も入っていないので、実験の合間はこの作業に没頭していた。ほぼ、丸二日かかってようやく仕上がったことになる。

彼の手の中にあるのは、生まれて初めて書いた鑑定書である。

法医学教室によっては、手がけた司法解剖すべてに鑑定書を作成すると聞いたが、K医大法医学教室では、スタッフの数が少ないこともあり、必要に応じて……ということになっているのだ。

そして、ついにその「必要性」が生じたため、篤臣は張りきって作成に取りかかった。

もっとも、駆け出し鑑定医の書いた鑑定書をそのまま社会に出すほど、城北教授は迂闊でも無責任でもない。当分の間、篤臣の書いた鑑定書は、まず美卯が詳細にチェックし、その後、城北教授が目を通すことになっている。

それでも、初めて自分の名前で署名、捺印《なついん》して発行する鑑定書だと思うと、緊張し、気合いも入る。無意識に力んでいたのか、気がつくと両肩が石のように凝っていた。

「うは……なんだこれ。肩に鉄板入ってるみたいだ」

そう言いながら、片方ずつ順番に肩を揉む篤臣を見て、少し離れた自分の机に向かっていた美卯は、広げた夕刊から視線を上げた。

「できた？」

篤臣は頷き、鑑定書の打ち出し原稿を持って立ち上がった。

「できました。見てもらっていいですか？　手が空いたときでいいんで」

「いいわよ。今日明日でチェックするわ。解剖の書類一式もちょうだい」

「あ、はい」

篤臣は大判の封筒に資料をすべて放り込み、原稿と共に美卯に差し出す。それを受け取り、美卯は感慨深そうに言った。

「なんだか、しみじみしちゃうわね」

篤臣は美卯の前に立ったまま、苦笑いする。

「俺が鑑定書を書けるまでに成長したとは、ですか？」

すると美卯は、篤臣とどこか似た笑みを浮かべて言った。

「それもあるけど、自分が誰かの鑑定書をチェックする立場になっちゃってたことに、つくづく驚いてたの」

「……はあ」

「だって私、ホントは三十歳前後で寿退職するっていう人生設計があったのよ」

「……マジですか？」

若干引き気味の篤臣に対して、美卯はきっぱりと頷く。

「マジ。こう、この仕事も大好きだけど、やっぱり好きな人と家庭を持つ道を……とか言って、ここを去る日をシミュレートしてた頃もあったわけ。そしたら、いきなり自分の後輩が、先にそのパターンをぶちかまして去っていっちゃって、大迷惑」

「！」

篤臣の顔が、軽く引きつる。それが、江南のアメリカ留学に同行するため、一度はここを退職した自分を差していることは、火を見るよりも明らかだったからだ。

だが美卯は、そんな篤臣の白衣の脇腹に、軽いパンチをお見舞いして笑った。

「冗談よ。だいいち、私にはそんなことする相手はいなかったし、今もいないんだから」

「……は、はあ……」

「だけど、人生ってなかなか計画どおりには行かないものねーって、そんなこと考えちゃってたの。まあ、予定とは違っても、楽しく暮らしてるからいいんだけどね。……あら」

美卯が屈託なく笑ったそのとき、警電と呼ばれる警察直通電話が鳴った。

「ああ、私が出るわ」

篤臣を片手で制し、美卯は立っていって受話器を取った。

「もしもし？　ああ、お世話になってます。中森です。はい……ああ、そうですか。ですね、明日の朝からになりますね」

どうやら科捜研から司法解剖の要請が入ったらしく、美卯は解剖予定表を引き寄せ、何やら書き込んでいる。

「はい、はい……。はい。火災跡から一体発見ですね？　はい。その家の住人と思われる……なるほど。火元は？　ああ、もうかなりハッキリしているんですか」

受け答えをしながら、美卯はチラと篤臣を見やり、そして電話の相手に言った。

「じゃあ、鑑定医は永福先生で。はい、そうです。よろしくお願いいたします。失礼します」

礼儀正しく電話を終えた美卯は、予定表に必要事項を書き込むと、ホワイトボードに留めつけ、自分の席に戻ってきた。

「焼死疑いよ。お願いね」

短く言われて、篤臣は頷く。

「わかりました」

その表情は、もはや鑑定医にすると告げられた当初とは違い、かなり落ち着いている。少しは鑑定医として解剖を取り仕切ることに慣れたせいもあるが、もう一つには、城北や美卯が、比較的判断に迷いにくいと思われる症例を選んで篤臣に回してくれていることを知っているからでもある。

だが美卯は、こうつけ加えた。

「ただし、明日は一限目、城北先生が講義だから、私もお供しなきゃ。悪いけど、永福君、一人でお願いね」

「えっ⁉」

思わぬ宣告に、篤臣の顔はたちまち強張った。法医学教室に入ってからこれまで、美卯と二人、あるいは城北と二人で解剖したことは何度もあるが、篤臣一人というシチュエーションは経験したことがない。

「何、その間抜けな顔。だって鑑定医になったんだもの。そういうことがあるってわかってたでしょ？」

美卯は涼しい顔で突っ込みを入れてくる。篤臣は、まだ微妙に動揺したままで、それでも頷く。

「も、もちろんです。ただ、一人ってのは……ええと……その、そ、そうだ。書記とかどうすればいいのかな、なんて」

恐れをヘタクソなやり方でごまかそうとする篤臣に、美卯は小さく噴き出した。

「ぷっ……。そんなに心配しなくても、講義の頭にプリントを配って出席票を回収したら、あとは城北先生にお願いして、私は解剖室に下りるわよ。最初の三十分くらいを一人でなんとかお願いって言ってるだけ。まあ、警察に事件の発生状況を聞いている間に、合流できると思うわ」

「ちょ……そ、それならそうと言ってくださいよ。俺、今、正直ビビッたんですから。なんていうか、孤独すぎだろとか、書記を警察の誰かに頼まなきゃいけないのかな、とか、あれこれ考えまくっちゃって」

「あはは。でも、そういう可能性もゼロじゃないんだから、気を抜いてちゃ駄目。だって私、永福君が来る前は、城北先生が他校で講義のとき、何度か一人ぼっちで解剖をやったことがあるんだから」

「……あ、そっか。俺が来る前は、ここ、二人しかいなかったんですもんね」

「そういうことよ、末っ子ちゃん」

美卯は悪戯っぽく笑って、自分の席に戻った。夕刊を畳んで脇に置き、篤臣の鑑定書をチェックするために、机の上を片づけ始める。

美卯の作業を邪魔しないように実験室へ行こうとした篤臣は、ふと扉の前で足を止め、美卯のほうを振り返った。

「あの、美卯さん」

「なあに？　ああ、こっちは私がまだ当分いるから、鍵《かぎ》は持たずに出て大丈夫よ？」

美卯は篤臣のほうを見ずに、そんなことを言う。そんな美卯に、篤臣は感謝を込めて言った。

「じゃなくて、俺、甘ったれの末っ子ですいません。でも、美卯さんが寿退職せずにいてくれて、ホントよかったです」

「………」

美卯は相変わらず篤臣のほうを見ないまま、動きだけを止める。篤臣は、真摯な口調で続けた。

「あの……たぶん俺、美卯さんよか全然成長遅いと思うんですけど、これからも不器用なりに頑張ります。だから、できたらもうちょっと……ええと、ホントに勝手な言いぐさだし、責任とか全然取れないんですけど、でも俺が一人前になれるまで、ここにいてくれたら嬉しいです。色々教えてください。その、俺、美卯さんのいない法医学教室とか……考えられないんで」

そのあたりが、羞恥心の限界だったらしい。篤臣は、美卯が顔を上げる前に、そそくさとセミナー室を出ていってしまう。

「そんなに必要としてくれるのは嬉しいけど、私が嫁に行きそびれても責任取れないって明言するとは、さすが石橋を叩いて渡る永福君よね」

嬉しさ三分の一、照れ三分の一、呆れ三分の一という複雑な面持ちで呟いた美卯は、溜め息混じりに鑑定書を開こうとして、ふとページをめくりかけて手を止め、呆然とした顔で呟いた。

「っていうか、自分はちゃっかり江南君と超ラブラブなんじゃない！　気配りはできても、やっぱり実家で一人っ子、職場で末っ子のポジションは伊達《だて》じゃないわ、あの子……」

そして、「あの江南君を尻に敷けるのも、意外と根は俺様だからなのかしら」と独りごちながら、彼女は机いっぱいに書類を広げ始めたのだった……。

あとがき

こんにちは、椹野道流です。
早いもので、メス花も八作目になりました。そして、ここに来て初の「篤臣お仕事みっちり編」です。六作目「頬にそよ風、髪に木洩れ日」では江南の仕事風景が書かれていたので、今回は篤臣のも見たいというリクエストにお応えしてみました。
ただ、篤臣の職場は法医学教室なので、お仕事風景というと解剖室でのあれこれを書かねばならず、表現を和らげることに苦労しました。そういうのが苦手な方にも怯えずに読んでいただけるように頑張りはしましたが……大丈夫でありますように！（祈）
ところで私の周囲にはなぜか篤臣贔屓の人ばかりしかおらず、とにかく篤臣が幸せならそれでいい……！とよく言われます。たぶん、江南が存分に我が道を往く旦那、篤臣がそれを支える賢い嫁……という立ち位置がそういうリアクションを誘うのだと思いますが、作者としては、末永く二人ともが幸せでいてほしいものです。

そんなわけで、今回は、普段は江南を甘やかすことが多い篤臣が、江南に存分に甘やかされる話を書いた……つもりだったのに、担当Gさんによれば「これまでのことを思えば、まだまだ足らない」とのことでした。ううむ。皆さんはいかがでしょうか。


今回も素敵なイラストをつけてくださった鳴海さん、本当にありがとうございました！　初めて見る「夜の二人」な表紙に、ドキドキしました。

そして担当Gさん。篤臣スキー代表として、次作でもリクエストをくださいませね。

いつもありがとうございます。

あと、私の呟きは、http://twitter.com/MichiruF でご覧いただけます。フォロー返しはできませんし、お返事もかなりランダムですが、よろしければお気軽に。

ではまた次作でお目にかかります。ごきげんよう！

椹野道流　九拝

椹野道流先生、鳴海ゆき先生へのお便り、
本作品に関するご意見、ご感想などは
〒101-8405
東京都千代田区三崎町2-18-11
二見書房　シャレード文庫
「月にむら雲、花に風」係まで。

本作品は書き下ろしです

CHARADE BUNKO

月《つき》にむら雲《くも》、花《はな》に風《かぜ》―右手《みぎて》にメス、左手《ひだりて》に花束《はなたば》8―

【著者】椹野道流《ふしのみちる》

【発行所】株式会社二見書房
東京都千代田区三崎町2-18-11
電話　03(3515)2311［営業］
　　　03(3515)2314［編集］
振替　00170-4-2639
【印刷】株式会社堀内印刷所
【製本】ナショナル製本協同組合

落丁・乱丁本はお取り替えいたします。
定価は、カバーに表示してあります。

ISBN978-4-576-10117-0

http://charade.futami.co.jp/